八俣遠呂智＜やまたのおろち＞

新釈古事記伝＜第七集＞

阿部國治・著
栗山　要　・編

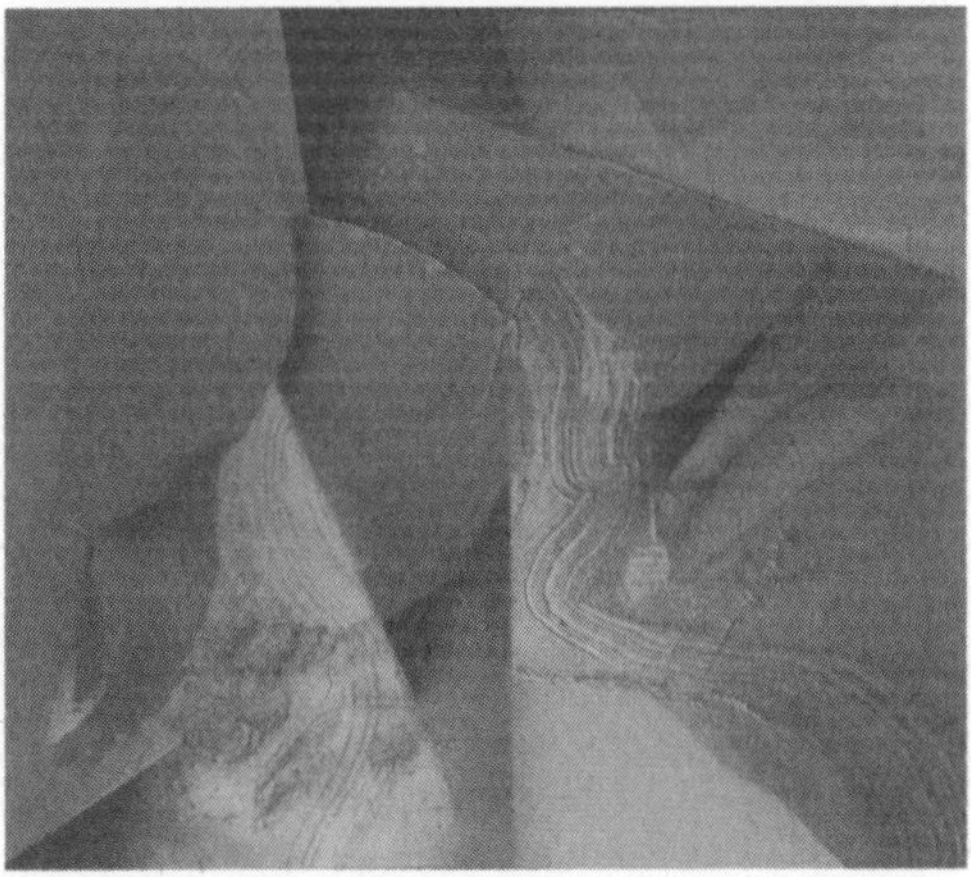

致知出版社

八俣遠呂智

目次

目次

第七章　いほつまさかき

はじめに

『古事記』は大和心（やまとごころ）の聖典《ひじりのふみ》であって、また、大和心は人の心の中で最も純《きよ》らかな心で、『古事記』はこの大和心の有り様を示しております。

人の創る家、村、国の中で、最も純らかなのは、神の道にしたがって、神の道の現われとして、人の創る家、村、国であります。『古事記』はこの神の有り様と、神の家、村、国の姿と形を示している聖典であります。

これほど貴い内容を持つ『古事記』が、現代においては、子どもたちが興味を持つに過ぎないお伽噺《とぎばなし》として留まっているのは、間違いも甚《はなは》だしいと言わなければなりません。

こんな有り様ですから、『古事記』の正しい姿を明らかにすることは、いつの世においても大切ですが、現代の日本においては、殊《こと》のほか大切なことであります。

このような気持ちで『古事記』に立ち向かい、『古事記』を取り扱っておりますが、これは筧克彦《かけいかつひこ》先生（元東京帝国大学法学部教授）のお導きによって、魂の存在に目を見開かせていただき、『古事記』の真の姿に触れさせていただいて以来のことであります。

こうして『古事記』を読ませていただきながら、『古事記』を生み出した祖先の魂と相対して、その心の動きを感じ、祖先の創り固めた家、村、国の命に触れて、あるときには泣き、あるときには喜び、日常生活の指導原理の全てを『古事記』からいただいております。

実に『古事記』というのは、汲《く》んでも汲んでも汲みきれない魂の泉と言ってもいいと思います。

昭和十六年六月

阿部國治

おことわり

この本をお読み下さるについて、予《あらかじ》め知っておいていただきたいことを申しあげます。

まず、各章の配列について。

1、《かむつどい》《おもひかね》《かがみ》《いほつまさかき》《やまたのおろち》等々の題目は、何か区切りがあったほうがよいというので仮につけた題目です。したがって、この題目でなければならないとか、この題目がいちばんよいというものでもありません。

2、『古事記』の原典として、漢文で出ておりますのは、元明《げんめい》天皇の和《わ》銅《どう》五年に出来た〝かたち〟であります。稗田阿禮《ひえだのあれ》の諳誦《あんしょう》して伝えておったものを、太安萬侶《おおのやすまろ》がこのような形で、漢文字に写したものです。『古事記』の原典は大和民族の〝大和心〟そのものでしょうが、文字に現わしたいちばん元の〝かたち〟がこれであります。

3、《書き下し文》について申し上げます。

『古事記』の原典として漢文の〝かたち〟で伝わっていたものが、国民に読むことができなくなってしまっていたものを、水戸光圀《みとみつくに》公が嘆《なげ》かれて、近代の国学の初めを起こされ、本居宣長《もとおりのりなが》先生にいたって、初めて全体を読むことができるように完成されました。

古来、伝わっておったのは『漢文』の〝かたち〟で、これに古（いにしえ）の訓（よみかた）をつけたものに『古訓古事記』というものがあって、これを書き下したものが《書き下し文》で、ここに引用したのは、岩波書店発行の岩波文庫本ですから、これを参考にして下さることを希望します。

4、《まえがき》とあるところは、お読み下さればおわかりのように、一段落を書き出すについてのご挨拶《あいさつ》のようなものです。

5、《本文》とあるところは『古事記』の原典と『古訓古事記』とを、心読、体読、苦読して〃何ものか〃を掴《つか》んだ上で、その〃何ものか〃を現代文に書き綴《つづ》ったものです。したがって、書物としてはここが各章の眼目となるところで、先ずここを熟読玩味《じゅくどくがんみ》していただいた上で『古訓古事記』から『古事記』の原典まで照らし合わせて、ご研究していただければと思います。

6、《あとがき》とあるところは、お読み下されればおわかりになると思いますが『古事記』のその段落を読ませていただき、平生《へいぜい》いろいろと教え導いていただいておりますので、心の中に浮かぶことを、そのまま書き著しましたので、参考にしていただきたいと思います。

阿部國治

第一章　かむつどい

原　文

是以八百萬神、於天安之河原、神集集而（訓集云・都度比）

書き下し文

ここをもちて八百萬《やおよろず》の神、天安河原《あめのやすのかわら》に神集《かむつど》ひ集いて

まえがき

《かむつどい》というのは『古事記』の原典には〈神集〉と書いて〝集〟の文字に〈都度比〉という読み方が付けてありますが、これは神さまがお集まりになることで、何の不思議もないみたいですが、実は注意すべき意味が含まれております。

本文

□禍《わざわ》いますます激しく

天照大御神《あまてらすおおみかみ》の天岩屋戸《あまのいわやと》へのお籠《こも》りによって

「萬神の聲《こえ》は、狭蠅《さばえ》なす皆涌《わ》き、萬《よろず》の妖《わざわい》悉《ことごと》くに発《おこ》りき」

と『古事記』に書いてあるとおりの有り様になりましたが、八百万神《やおよろずのかみ》は

「このような禍《わざわ》いが起こった原因は自分たちにもある」

とは思わないで

「これは須佐之男命《すさのおのみこと》様のご責任だ」

こう言って、責任を他に転化したり

「お籠りになった天照大御神様のご責任だ」

と錯覚《さっかく》したりして、自らを反省しようとなさいませんでした。

それればかりか、須佐之男命に向かって

「あなたが天照大御神様がお籠りになる原因を作ったのだから、天岩屋戸へ行って、お出ましになるようお願いして下さい」

と、詰め寄った方もありました。

これに対して、須佐之男命は
「申し訳ありません。私の力の及ぶ限り努力いたします」
こう言って、お詫《わ》びなさいましたが、自ら天岩屋戸に行って、天照大御神にお出ましをお願いなさらずに
「私の申し開きを聞き届けて下さるはずはありません」
と仰せになり、何事もなさいませんでした。
もちろん、八百万神の中には、天岩屋戸の前へ行って、真心を込めて天照大御神にお出ましをお願いする方もいましたが、天岩屋戸の中からは何のお答えもなく、限りない静けさが続くのみでした。
このように、八百万神が須佐之男命を一方的にお責めになっても、自ら天照大御神にお願いしても、何の効果もなくて、禍いはますます激しくなって、始末ができない有り様になったので、八百万神はさらにさまざまな努力をお始めになりました。

一つ一つの禍いを取り除く方法を工夫され、また、幾《いく》つかの関連のある禍いを纏《まと》めて取り除く方法も工夫され、あるいは、地方別や仕事別に関係のある神々がお集まりになって、その地方やその仕事について起こってくる禍いの取り除き方も工夫なさいました。

ところが、どんなに努力をしてみても、かえって禍いはますます多く起こってくる結果になってしまいました。

□自らを内に顧みる

ここに至って、八百万神は

「禍いを取り除く方法を外に求めても駄目《だめ》だ」

と、お気付きになりました。

現代風に申しますと、会議を開いて禍いの予防法を研究したり、罰則《ばっそく》を設けたり、奨励《しょうれい》方法を講ずるというふうな、さまざまな試みをなさいましたが、これら外面的・形式的な方策をもってしては、どうしようもないことをお悟りになったわけです。

要するに、八百万神は禍いの解決方法を外に求めることをお止めになり、自らを内に顧みることになさいました。つまり、術策《じゅっさく》を用いたり、規則を作ったりすることはお止めになって、あるいは、他の神々に責任を転化することはお止めになって、自らの心の持ち方の中に解決の方法があることをお悟りになりました。

そこで、山の神は山で、河の神は河で、田畑の神は田畑でというふうに、あちこちで神さまが御魂鎮《みたましず》めをあそばすことになりましたが、そうしているうちに

「私たちは、自分の仕事、自分の受持ちに熱心なあまり、他の神々の受持ち（仕事）を軽んじるところがあった。どの神の受持ちも本来の〈うけひ

もち〉で、お互いに他の受持ちを尊重しあってこそ、各々の受持ちが役に立つのであった。

つまり、受持ちが〈うけひもち〉であることを忘れていたので《かちさび》が起こったのであって、須佐之男命と八百万神との間に起こったような搗《か》ち合いが、八百万神であるわれわれの間にも激しく起こっておった。禍いが次々に起こってくる原因はここにあった」

このようにお気付きになりました。

□奇御魂《くしみたま》の働き

さらに、御魂鎮めをお続けになっているうちに

「この《かちさび》、受持ちの搗ち合いを改めるには、いったいどうしたらいいのだろうか」

ということが、問題解決の糸口になって

「八百万神のわれわれは、〈ひのかみ〉天照大御神の〝ひ〟を受けて、めいめいが〈うけひもち〉を授かっている。つまり〝ひ〟を働かせるため和《にぎ》御魂《みたま》を持っていて、これが産霊（むすび）として働くときには、奇御魂（帰一《きいつ》）と幸御魂《さきみたま》（分化発展）との二面になって活動する。

そこで、八百万という多数に分かれているわれわれは、自らの〈うけひもち〉の実現のために、和御魂の一面である奇御魂（帰一、統一、根本）を忘れて、幸御魂（分化、発展、差別）を主として働いてきたが、これはわれわれの務めで誤りはなかった。しかし、自らの受持ちに熱心であるあまりに、隠れた存在である奇御魂と、その働きに注意しなければならぬことを忘れておった。

それで、受持ちと受持ちの間に揚ち合いが生じて、帰一と統一が無くなっていた。われわれはこの揚ち合いから起こる禍いを取り除くために、自らの奇御魂を表面に出して、八百万神が別々な気持ちで仕事をしないように気をつけなければならない。

八百万神がばらばらな気持ちで仕事をしたのでは、個々の仕事が進歩しても、良い成績を上げても、高天原《たかまのはら》全体としては禍いだけが起こってくる。奇御魂の働きを隠してしまったところに禍いの原因があった」

こう言って、八百万神は自らの中から奇御魂の〈ひかり〉を輝かし出すための工夫をすることになりました。

□全ての物事の中心

ところが、このようにして奇御魂の存在と、その価値を反省された八百万神が、御魂鎮めをして、奇御魂の働きを目指そうとなさったとき、次のような事柄が起こりました。

ある一人の神さまが
「私は御魂鎮めをして、奇御魂の働きを明らかに掴《つか》んで、その〈ひかり〉が力強く働くように努めましたが、自分の内にある幸御魂との搗ち合いが頭をもたげて、どうしてもうまくいきません。
これは困ったことだと思い、一所懸命に努力をすればするほど、奇御魂の姿はぼんやりしてしまって、そればかりか、奇御魂の働きを熱心に求める苦しさだけが強くなるのです」
このように仰せになると
「私もそうです」
と、数多くの神さまが、賛意を示されたので、八百万神は
「これはいったい、どういうわけだろう」
と、お考えになって
「なぜ、奇御魂をはっきり掴めないのか」

ということについて、再び御魂鎮めを行った結果
「奇御魂は斎《いっ》く心、帰一する心であって、斎《いっ》いだり帰一したりするためには、何に斎《いっ》くか、何に帰一するか、ということをはっきりさせなければならない。

その場合、高天原においては、斎《いっ》く中心、帰一する中心は天照大御神様〈ひのかみ〉であった。高天原においては、どんな場所でも、どんな仕事をするときも、天照大御神様の〈みひかり〉を中心にして事が運ばれておったのである。

ところが、お籠りによって、天照大御神様のお姿も〈みひかり〉を仰《あお》ぐことができなくなったので、われわれの奇御魂は向かうところを失っているために、働き出すことができないのである。

今までわれわれは、あまりに天照大御神様に慣れ過ぎておったために、かえって天照大御神様の本当の姿を忘れておった。〈ひのかみ〉の〝ひ〟

のお姿が、全ての物事の中心であることを忘れておった。

気がついてみれば、天照大御神様はわれわれに、この事実をもってお諭《さと》しになるためにお籠りになったのである」

という結論に達しました。

そこで、八百万神はいよいよ真面目《まじめ》になって、何としても天照大御神に天岩屋戸からお出まし願わなくてはならぬということになり、それにはどうしたらいいかということになって

「先《ま》ず、八百万神は全員が神であるから、神本来の姿に立ち戻らなければならない。そして、一つ所に集まって、神として真心を出し合って相談しなければならない」

という結論に達しました。

そこで天之御中主神《あめのみなかぬしのかみ》の〈みひかり〉そのものである〈いのち〉の天《あめの》安河《やすのかは》の河原にお集まりになり、神集いをして《かむはかり》をあそばす

ことになったのであります。

あとがき

『古事記』の原典を文字にすると僅《わず》か十六字しかないところを、以上のように長々と書き下し、とくに〝是以《ここをもちて》〟という二字で現わしている解釈がたいへん長くなりました。

実際に〝是以〟という二字の含む意味の深さを明瞭《めいりょう》に書き現わすことは、私などには到底できないほど難しいのですが、それを敢《あ》えて書き現わしたので、各自で体得していただきたいと思います。

天照大御神《あまてらすおおみかみ》のお諭しは言葉ではありませんし、そのお諭しの悟りもまた言葉ではありません。にもかかわらず、そのお諭しの経過を長々と文字

で書き現わしましたが、自ら

「うむ」

と頷《うなず》けるまで、体得していただければ幸いです。

□《神集い》の意味

先《ま》ず《かむつどい》は〃神集〃という文字で現わしてありますから、簡単に考えると〈神さまがお集まりになる〉ということで、別に何のこともないような気がいたします。

しかし、この〈神集い〉という言葉と似たものに〈神はかり〉〈神やらい〉〈神あそび〉等々があることを考えますと、そうあっさり解釈してしまってはいけないことがお解りになると思うのでして、これらの言葉に含まれた〃神〃という表現は

「神が、特に神として、神たる自覚と、神たる資格において……」

という意味を含むと考えるべきで『古事記』の原文にも

「八百万神於天安之河原神集而」

つまり〝八百万神《やおよろずのかみ》〟とあり、さらに〝神集〟とあって、これにはそれだけの意味がなければなりません。

したがって、この神集いは

「神が特に神としての資格と、神としての自覚を持って、慎《つつし》み畏《かしこ》まれ、天安河原《あめのやすのかわら》にお集まりになった」

という意味であることは明らかです。

ここで問題になるのは〈神が特に神として〉ということで、神というのは終始一貫、神であって、神が神でなくなることはないのですから、このように言うのはおかしいという意見も出ますので、この問題について考えてみたいと思います。

八百万神というのは、どの神さまも根本においては天之御中主神の現われで、また〈ひのかみ〉天照大御神の〝ひ〟を受けて、その〈わけみたま〉を自ら神としての中心になさっております。

ところが、この神としての本質はじっとしていなくて、あらゆる働きとなって現われ、精神的な働きの形も取れば、物質的な働きの形を取ることもあって、仮にこのような働きを神の属性と言うなら、その本質と属性とを合わせて〝神〟と申し上げることになって

▽本質に帰一する作用を奇御魂《くしみたま》

▽属性に向かう作用を幸御魂《さきみたま》

と呼んで、この二つの働きを合わせて〈神の御魂〉（神の作用）と申し上げるわけです。

このことは、高天原《たかまのはら》における八百万神が、みんな同じ神さまであられながら、海神、風神、木神、山神、野神などの神々がおられることでお解り

いただけると思います。

そして、これらの神々は、神としての本質が異なるのではなくて、神としての作用を現わす対象が異なるために、名が異なる神としてお現われになっているのであります。

にもかかわらず、これらの神々が、海の神は海のことだけを考え、風の神は風のことだけを考え、山の神は山のことだけを考え、その栄えだけを実現しようとなさるならば、結果的に、神の世の繁栄は実現し難いことになります。

そこで、神の世の繁栄を実現しようとするなら、これらの神々は、お互いに、海、風、木、山、野などの受持ちを持つ前の第一義の神の姿に立ち戻ることが必要で、つまり、神としての本質に帰一して、属性における作用を見直し、調和をとることが必要であります。

このように考えると、神さまが〈特に神として、神としての自覚と、神としての資格において〉ということは〈神さまがその本質に立ち帰って〉という意味であります。

あるいは、神の御魂を和御魂《にぎみたま》と申し上げるなら、奇御魂を働かせて、神としての根本にお立ちになることが神集いの場合の〈神として〉という意味であると思います。

□神業《かみわざ》ということ

次に《おこもり》と《かむつどい》の関係について考えてみることにいたします。

お籠《こも》りは天照大御神の〈ひのかみ〉としての純粋行為ですが、同様に、神集いは八百万神の八百万神としての純粋行為であります。

須佐之男命《すさのおのみこと》には《まいのぼり》によって自身の真の姿を発揮する神業《かみわざ》が

あって、天照大御神には《みかしこみ》と《おこもり》という神業があるように、八百万神の《かむつどい》は、これらの神業と同列の重要な意味を持つのであります。

八百万神は初めから高天原においでになるので、《まいのぼり》という神業は必要なくて、天照大御神の《おこもり》というお諭しによって、天安河原に神として集まることにより、本来の面目《めんもく》に立ち返ることを示しているわけです。

要するに〈純粋行為を示すための第一義に立つ〉という点においては、《まいのぼり》と《おこもり》と《かむつどい》は、大事な共通点を持っている神業であります。

□それぞれの安河原

次に、この《かむつどい》のお諭しを、われわれの現実の生活に当てはめて味わってみることにいたします。

天照大御神は《おこもり》という神業によって、高天原に生じた《かちさび》の存在を八百万神にお示しになったので、八百万神はその《かちさび》によって起こっている禍いを取り除くために、天安河原に《かむつどい》あそばしたというのが神典の筋道であります。

そして、このような禍いの中には《かちさび》が元で起こってくるものが多くて、これを取り除くためには《かむつどい》のお諭しに従うしか方法はないと思われます。

例えば、私どもの夫婦生活には性愛というものがあって、これを抜きにしては夫婦の愛は成り立ちませんが、だからと言って、性愛の満足だけを中心にしていると、長い夫婦生活の間には、必ず不調和の時が生じて、揺《か》ち合いの禍いが生じます。

このような場合、夫婦という安河原《やすのかわら》に神集いして、その欠陥を補うべきで、このような夫婦であって初めてそれを《やすのかわ》として認めることができるわけで、そこに到達して初めて、地上における完全な夫婦と言えるのであります。

また、家というのは、その一つ一つが安河ですから、家の中に禍いが生じた場合、個人としてではなくて、家人として、家という安河原に神集いするなら、その禍いを取り除くことができるのであります。

これに反して、一家に生じた禍いを処理する相談に、家人が個人として集まるなら、お互いに我利我欲の主張になって、禍いはますます大きくなり、新たな禍いが生じてくるに違いありません。

あるいは、市町村などの自治体には、一つの〈いのち〉というか、安河があって、議会を構成する議員は、市町村という〈いのち〉を背負い、安河原（議会）で神集いしなければならぬはずです。

ところが、ややもすれば、市町村議会が飲食の場であったり、利権争奪《そうだつ》の場であったり、このような市町村議会である場合には、その自治体は決して栄えることはありません。

当然に、日本という国を発展させるための議会（衆議院、参議院）の如《ごと》きは、完全なる神集いの場でなければならぬことは言うまでもなくて、政党の実力者と言われる議員や業界や団体の利益を代表する議員の発言の場であってはならないのであります。

□神の存在を知る

また、この世の中にはさまざまの禍いが生じて、なかでも因果関係の世界では、どうにも解決のつかない禍いが生じて、例えば、何も知らない幼児の病死、突然の交通事故による死傷、経済界の変動によって生じた負債《ふさい》などは、個人の力ではどうしようもない禍いであります。

しかも、いったん禍いが降りかかると〈このような不合理なことを人間世界に起こさせる神の存在などは認められない〉という気持ちになりがちですが、そのような出来事を認めることによって、禍いを解決していった人々は、神の存在を認めて、信仰の生活に入っているのが事実です。

仮に、神という存在を認めないなら、このような禍いはあくまでも人間の力で取り除かなければならぬことになり、もしも、人間の力では取り除き難い禍いが生じたならば、人生というのは生き甲斐《がい》のないものとして否定するより致し方のないものになります。

これに対して、神の存在を認めるならば、このような禍いは神のなせる業《わざ》であって、そこでわれわれは神の心になって、神がこのような禍いを起こさせた意味が解ればそれでよいことになります。

つまり、同じ一つの禍いに対して、現代人としての人間的な解決し難い苦しみとしての解釈と、神の目で見た解釈とがあって、神の存在を確認すれば、禍いに対する神の見方もあるはずですから、それを掴《つか》めば安心することができるはずです。

したがって、われわれの力の及び難い禍いが生じた場合には、神を求める《まいのぼり》があるわけで、これによって神の存在を確認できれば、人間的な理屈や感情によって、禍いの説明をすることができなくても、あるいは、人間的な苦しみを取り除くことができなくても、そこに安らかな心の平穏を見出すことができ、これが信仰に入った人間の姿であります。

要するに、人間はどこまでも人間ですが、〈ひと〉として〈ひかり〉をいただいている面があって、その〈ひと〉の中から〈ひかり〉を取り出すことが《まいのぼり》であります。

第二章　おもいかね

原　文

高御産巣日神之子、思金神令思而

書き下し文

高御産巣日神《たかみむすびのかみ》の子、思金神《おもいかねのかみ》に思はしめて

まえがき

《おもいかね》は『古事記』の原典では〝思金〟という文字が当ててあり、『日本書紀』には〝思兼〟という文字が当ててありますが〝思兼〟のほうが本義に近い意味を現わし、〈おもいかねのかみ〉と申し上げる神さまのことであります。

したがって、思兼神という神名をそのまま表題にしてもよいのですが、『古事記』の原典を読んで、その中からお諭《さと》しをいただき、日本人としての道を実現していく立場から、神さまの御名の示す働きを取って《おもいかね》という標題にいたしました。

本文

□〈神はかり〉の中心

さて、八百万神《やおよろずのかみ》は天安河原《あめのやすのかわら》に神集《かむつど》いして、真剣なご相談〈神はかり〉をなさることになりました。

八百万神が神としての本分に立ち返り、私心を取り去ってお集まりになったので、難しい順序や形式を踏《ふ》まなくても、簡単に相談事が捗《はかど》りそうな気がいたしますが、私心を去った集まりであればあるほど、集まりの目的にしたがって、相談の形式や順序が必要になります。

先《ま》ず〈神はかり〉の集まりですから、確たる中心がなければ目的は達せられませんし、いわんやこの神集いの目的は、天照大御神《あまてらすおおみかみ》が天岩屋戸《あまのいわやと》にお籠《こも》りになったために生じた禍いを取り除く一大事ですから、神集いをなさった八百万神は〈神はかり〉の中心を求めなければなりません。

現代風に言えば会議の議長が必要で、高天原における神集いの〈神はかり〉の中心は、天照大御神であることは言うまでもないのですが、今回の神集いには天照大御神はお出ましになりません。

そればかりか、天照大御神がお籠りになったために起こった禍いを取り除くための神集いですから、別の神さまに〈神はかり〉の中心になっていただかなければならないのですが、神集いして〈神はかり〉をする段階になると、八百万神の様子がすっかり変わってしまいました。

この神集いをする前は、どの神さまも自分の仕事が大切であり、自分の受持ちこそ最も貴いと考えて、他の神々の立場や受持ちをお認めになる心は隠れており、こんな状況下での神集いであったなら、われ先に神集いの中心になろうとなさったに違いありません。

ところが、今はそのような搗《か》ち合いのいけないことを反省なさっていますから、どの神さまもみんな、自分こそが〈神はかり〉の中心になろうなど考えておられませんでしたが、何としても中心がなくては〈神はかり〉は始められません。

□ 思兼神の登場

さて、ここに一柱《ひとはしら》の神さまがおいでになりました。御名を〈おもいかねのかみ〉（思兼神）と申し上げ、高御産巣日神《たかみむすびのかみ》のお子さまですが、この思兼神は直接に仕事をお受持ちになっていませんでしたから、どの神さまとも仕事上でぶつかりあう（搗ち合い）ことはありませんでした。

したがって、八百万神は平生《へいぜい》、こういう神さまがいらっしゃることさえお考えになったことがなく、加えて、思兼神はどの神さまとお出会いになっても、その受持ちを尊重し励みをつけて下さって、決して競合されない神さまでありました。

それで、どの神さまも、思兼神に対しては快い《こころよ》感じをお持ちになっていましたし、思兼神ご自身も仕事をお持ちになっていないので、八百万神たちは、この神さまの存在はお忘れになっていました。

ところが、八百万神が天安河原に神集いして〈神はかり〉をすることになり、その主宰者を決める段階で、八百万神は日頃忘れておった思兼神を思い出して、誰が言うともなく
「この〈神はかり〉の主宰者として、思兼神をいただこうではないか」

ということになったとき、一柱の神さまも、この提案に反対なさいませんでした。

それればかりか、八百万神は思兼神という方がお出でになって〈思いはかる〉という受持ちを持たれていることを忘れておったのを、改めてお考え

になり、今こそ思兼神に〈思いはかる〉という大切な任務を果たしてもらうべき時であるとお考えになりました。

□奇御魂《くしみたま》の存在

一方、思兼神ご自身も、八百万神から
「〈神はかり〉の主宰者になっていただきたい」
というお申し出に対して、快くお引受けになったことは言うまでもありません。

こうして、八百万神と思兼神の間に、次のような問答が行われました。

最初に、八百万神が
「われわれは天照大御神様の〈ひかり〉をいただき、八百万神としての受持ちを果たしてきましたが、先へ進むことばかりに熱心すぎて、各々が他の受持ちの貴さを忘れ、搗ち合いをすることになって、そのためにいろんな穢《けが》れと禍いが生じました。

それで、天照大御神様は、われわれに〃ひ〃の存在と、〃ひ〃の働きとしての和御魂《にぎみたま》の存在、その中の奇御魂の働きをお示し下さるために、天岩屋戸にお籠りになりました。

今やわれわれは〈ひのかみ〉としての天照大御神様のお出ましを心から願っており、この願いは純粋な祈りで、これがわれわれ八百万神の心の中にあっても、どんな形にして現わしたらよいか解らないのです。

どうか思兼神様、われわれ八百万神の心をご推察下さって、どんな形にして現わしたらよいかを思い諮《はか》って下さい」

と、お頼みになりました。

これに対して、思兼神は
「皆さまのお気持ちはよく解りました。私は今まで皆さんがどんな心で、めいめいのお仕事に努め励んでおいでになったか、よく存じております。言い換えれば、皆さまがどんなに荒御魂《あらみたま》の中の幸御魂《さきみたま》をよく働かせておいでになったかを存じております。

ところが、今の皆さまの心の中では、荒御魂の中の奇御魂が働き始めており、私の役目は皆さまの奇御魂を相手に思い兼ねいたすべきときで、今回の神集いは私にとってこの上もなく重大な役目ですから、心してその役目を果たさせていただきます」

と、お答えになりました。

高天原においでになる神さま同士の仕事ですから、いわば〈ひかり〉と〈ひかり〉の〈ひかりあい〉であります。

こうして、思兼神ははっきりしたお姿をお現わしになって、この神集いで整然とした組織を持った〈神はかり〉の一大事をお示しになることになりました。

あとがき

□思い兼ねの内容

さて、思兼神《おもいかねのかみ》というご神名についてですが、先に記《しる》しましたように『古事記』の原典には〝思金〟と書いてあり、『日本書紀』には〝思兼〟と書いてあって、いずれにしてもこれは

「あちらのことを思い、こちらのことも思い、全てのものの立場を活かすように考える」

という意味ですから、漢文字を当て嵌《は》めるなら〝思金〟よりも〝思兼〟のほうがよいと思います。

この思兼神という御名について、『国造本紀《こくぞうほんき》』には八意思金神とあり〈やごころおもいかねのかみ〉と読み、この〈やごころ〉は〈おもいか

ね〉の内容を示しております。

『古事記』とか『日本書紀』には〝やごころ〟がついておりませんが、『国造本紀』についているところを見ますと、よほど古くからそのように申し上げておったと考えられます。

そして〝思兼神〟と申し上げる限りは、思い兼ねる主体に対して、思い兼ねる客体がなければならないはずで、『古事記』や『日本書紀』で明らかなように、八百万神のお心を思い兼ねになったのですから〝思兼神〟と申し上げて差し支えないと思います。

そこで、思兼神の御名を『国造本紀』で八意思兼神としている意味を考えますと、〈やごころ〉は漢字を当てると〝八意〟になりますが〝八心〟でもよいのでして、この場合の〝や〟は、神代思想においては特別な意味と役割とを持っております。

例えば〈八尺勾玉《やさかのまがたま》之《の》五百津《いほつ》之《の》美須麻流《みすまる》之《の》珠《たま》〉〈八百万神《やおよろずのかみ》〉〈八十神《やそがみ》〉等々

の言葉が持っている〝や〟であって、〈こころ〉というのは漢字では〝意〟〝心〟という文字で現わしますが、古語で広く〈こころ〉という表現を現代語で言うなら、精神界の現象も物質界の現象も、すべて〈こころ〉という一語の中に含まれております。

次に〈おもい〉という言葉には、漢字の〝思〟という文字が当ててありますが、動詞としては〈おもう〉であって、この語は〝おも〟（主、重、面）に関係のある言葉で、また〝おも〟というのは、古語として〝神〟を現わす場合もあります。

そしてまた、この〈おもう〉という言葉は
「物事の根本を明らかにすることによって、その条理・本末を示すために心を動かす」
という意味を持っております。

次に〈かね〉という語には、漢字の〝兼〟という文字が当ててあって、この語は〝これ〟と〝あれ〟とを一つに結ぶ意味を現わしていて、これにはいろいろな困難を伴いますから、そこから〈成し遂げ得ぬ〉という意味を現わす〈かね〉という語も生まれ出ております。

このように、一つ一つの言葉の意味を調べて、次に八意《やごころ》思兼神という御神名を考えますと、この神さまの御名がお示しになっていることは、実に深い意味を持っていることが解ります。

つまり、八意思兼神というのは

「全ての神と、全ての人と、全ての者と、全ての事の真の姿をお知りになって、あれこれ思い兼ねられ、その全ての中に存在すべき正しい秩序《ちつじょ》・組織をお示しになることを役目としている神さまである」

ということになろうかと思います。

□思兼神の真骨頂

次に、もう一つ、御神名について申し上げます。

後に邇邇芸命《ににぎのみこと》が葦原中国《あしはらのなかつくに》に天下《あまくだ》りされる時、三種の神器を賜《たまわ》ると共に、天照大御神の命によって、邇邇芸命《ににぎのみこと》のお供をして葦原中国に天下りになった思兼神の御名を、『古事記』には常世思金神《とこよのおもいかねのかみ》と書いてありますが、思兼神の他に常世思金神がお出でになったのでないことは明らかです。

そこで、常世思金神の〝常《とこ》〟とは何を意味するかについて考えますと、『古事記』に出ているのは、天之常立神《あまのとこたちのかみ》、国之常立神《くにのとこたちのかみ》という神名に現われている〝常〟という例があり、あるいは、天照大御神の天岩屋戸お籠りのところにある言葉

「高天原皆暗く、葦原中国悉《ことごとく》に闇《くら》し。これによりて常夜《とこよ》往《ゆ》きき」

の中に常夜（とこよ）という例もあります。

一般には、常闇《とこやみ》、常宮《とこみや》、常磐《とこいわ》、常夏《とこなつ》、永久《とこしえ》というような言葉があって、

これで、だいたい〝どこ〟という言葉の意味は推《お》し計れますし、〝常〟という漢字を当てた理由も頷《うなず》けます。

要するに〝とこ〟という言葉は

▽如何《いか》なる場所（空間）においても

▽如何なる時間（とき）においても

▽如何なる場所（空間）と、如何なる時間（とき）の未だ形を現わさない範囲においても

という意味を現わしております。

次に常世の〝よ〟は漢字の〝世〟で現わしていますが、非常に広い意味を持っている言葉で、万我万物の住む空間・時間を広く〝よ〟と言うと共に、そのうちの一区画をまた〝よ〟と言い、さらに、その中間に存在するさまざまな現象も〝よ〟と言っております。

『古事記』に〝とこよ〟（常世）と綴《つづ》った用語例を見ますと

▽常世の長鳴き鳥
▽少名毘古那神《すくなびこなのかみ》は常世国に渡りましき
という例がありますが、この場合の常世国が葦原中国でないことは確かであります。

そして、常世の思兼神という御名を、現代語で表現すれば
「時間的には過去・現在・未来にわたり、空間的には四方八方の全範囲に及び、別の方面から見れば、霊界・精神界・物質界の各界にわたって、あまねく認識、調査、研究、考慮《こうりょ》をして、これらのあらゆる方面にわたって通用する普遍妥当《ふへんだとう》な判断をして、実在に役立つ指導力をお持ちになっている神さまである」
ということになろうかと思います。

また、別の言葉で表現すれば、思兼神は
「学問の神さまである」

と申し上げてもよろしいかと思います。

□深く謀《はか》り遠く慮《おも》い

次に『古事記』に示されている思兼神の立場と、そのご性質について考えてみたいと思います。

『古事記』の《神代の巻》で、思兼神がお姿を現わして仕事をなさっているのは、何《いず》れも大事な時ばかりで、列挙《れっきょ》しますと、初めて御名が出てくるのは、天岩屋戸から天照大御神にお出まし願うために八百万神が天安河原に神集いをして〈神はかり〉をあそばした時であります。

次は、邇邇芸命《ににぎのみこと》が天下りあそばすために、使者を葦原中国にお遣《つか》わしになるとき、その大任をお引受けする使者の選定をあそばす場合で、この選に当たったのは天菩比神《あめのほひのかみ》でありました。

次に、雉《きざし》名《な》鳴女《なきめ》をお遣《つか》わしになるときも思兼神が御決定になっており、建御雷《たけみかづち》之《の》男神《おのかみ》をお遣わしになるときも思兼神がご推挙《すいきょ》なさっております。

このように、高天原から葦原中国への使者派遣のことは、いずれも天照大御神の命によって思兼神の活動が始まっており、これによって見ると、思兼神は八百万神の良き導き者であったばかりでなく、天照大御神を輔弼《ほひつ》申し上げる受け持ちを任とする神さまであったことが解ります。

さらに『古事記』には、天照大御神は天孫降臨《てんそんこうりん》のとき、三種の神器を賜《たまわ》ると共に、常世思金神を天《あめの》手《た》力男神《ぢからおのかみ》、天石《あめのいは》門《と》別神《わけのかみ》と共に、葦原中国にお降しになっており、しかも、天照大御神は

「次に思兼神は、前《みまえ》の事を取り持ちて申し給え」

と仰せになっており、この仰せごとは『古事記』の原典には

「此之鏡者、専為我御魂而、如拝吾前、伊都岐奉。次思金神者、取持前事為政」

とあって、ここは

「次に思兼神は、前の事を取り持ちて、政《まつりごと》為《せ》よ」

と読むほうが解り易くて、どう読むにしても、天照大御神のご神勅《しんちょく》は重大な意味を持っており、これを現代語に書き改めますと

「思兼神よ、そなたは高天原にいる天照大御神という私のことを、如何《いか》なる場合も忘れないように、しっかり心身に取り持って、その上で現《うつ》し世の〈すめらみこと〉たる邇邇芸命《ににぎのみこと》のまつりごと（祭・政）の手助け（輔翼《ほよく》）をせよ」

ということになろうかと思います。

このように、『古事記』の原典を拝読すると、思兼神の受持ちは多岐《たき》にわたると共に、このご神勅の中には、後世において〝祭政一致《さいせいいっち》〟という言葉によって現わす国体の重大な一点が明らかに示されている事に気付かされるのであります。

そして、これらから見た思兼神の地位は、天照大御神と高御産巣日神の下に立ち、八百万神の上に立って、そのお仕事は種々様々な事情を観察・思慮《しりょ》して、事の善し悪しを決定するという総理裁断《そうりさいだん》の役目と申すべきもので『日本書紀』には
「思兼神深く謀《はか》り遠く慮《おも》い」
と書いてあり『日本書紀』の一書には
「高皇産霊《たかみむすび》の息《みこ》思兼神と云《い》ふ者《かみ》あり、思慮《おもひはかり》の智《さとり》あり」
と書いてあります。

□万物創造の根本力

以上の考察を通観しますと、思兼神は高御産巣日神の御子で、天照大御神の輔翼者《ほよくしゃ》であり、また、邇邇芸命《ににぎのみこと》を初めとする天皇を輔翼する神で、

その主たる受持ちは〈思い兼ね〉ということであります。

それから、高御産巣日神というのは、天之御中主神《あめのみなかぬしのみこと》の活動を表現している神さままで〈むすび〉という御神名で現わしており、『日本書紀』の御神名には〈産霊〉という文字を使っていて、創造、化育《かいく》、生成そのものであられます。

そして、思兼神がその御子であられるということは、〈おもいかね〉が〝産霊〟という文字で示されているように、創造、化育、生成というのは「〝一〟なるものの統一された〝多〟としての現われ」という意味であり、〝むすび〟というのは「〝多〟として現われたものを〝一〟として結び合わせることを受持ちとしている」

という意味で、さらに
「作り生む」

という意味もあって、このように作り生まれたものは、必ず〝一〟であり〝多〟であって、その〝多〟を結び合わせることも〈むすび〉ということになります。

そして〝多〟を〝一〟として結ぶためには、〝多〟なるものを〝多〟ならしめている根本力に基づかなければ〝多〟なるものを〝一〟の組織とすることはできないのであります。

ところが、八意《やごころ》思兼神というのは、万我、万事、万物の全て、つまり、〈やごころ〉を思い兼ねる神さまですから、当然、ご自身の中に万我、万事、万物を創造する根本力、つまり、産霊《むすび》の〈ひかり〉をお備えになっているはずで、これがまた、思兼神が高御産巣日神の御子である所以《ゆえん》であります。

□ 思兼神の提案

次に〈思わしめて〉という言葉について考えることにいたします。

『古事記』には〃令思〃とあって、これは思兼神が八百万神の要請によって思い兼ねあそばしたことを書き現わしているのですが、問題は

「思兼神は、天照大御神の天岩屋戸籠りに関わる思い兼ねの結果、ご自分の意見として、どこまで八百万神にお伝えになったか」

ということであります。

『古事記』の原典からだけでは、その点がはっきりしなくて、ただ思い兼ねあそばしただけのように見えますし、あるいは、思い兼ねの結果〈長鳴《ながなき》鳥《どり》に鳴かせる〉よう提案なさったとも見えますし、あるいはまた、玉祖《たまのおやの》命《みこと》に〈八尺勾玉之五百津之美須麻流之珠《やさかのまがたまのいほつのみすまるのたま》〉を造るところまでが、思兼神の提案であるように読まれます。

しかし、思兼神のご性質や、他の思い兼ねの例などを思い合わせながら

『古事記』の原典を読みますと、この場合の思兼神の提案は「天照大御神が天岩屋戸からお出ましになるまでの全てにわたる」と考えるべきだと思います。

つまり、八百万神の受持ちの全てを、天照大御神のお出ましを願うお祈りに集中・帰一《きいつ》させることをあそばしたのが、この場合の思兼神のお仕事であったと思われます。

例えば、常世の長鳴鳥を鳴かせたこと、鍛人《かぬち》・天津麻羅《あまつまら》の行ったこと、伊斯許理度賣命《いしこりどめのみこと》、玉祖命《たまのおのみこと》、天児屋命《あめのこやねのみこと》、布刀玉命《ふとたまのみこと》、天手力男神《あめのたぢからおのかみ》、天宇受賣命《あめのうずめのみこと》等々の天岩屋戸を中心とした数々の行為は、すべて思兼神の提案に従って行われたと考えてよいのであります。

□ 本と末とを結ぶ

次に〈思い兼ね〉という事柄そのものについて考えてみたいのですが、この〈思う〉ということは

「〝末〟の事柄を〝中心〟に連絡する」

「〝末〟の事柄を〝中心〟の立場から考える」

ということであり〈兼ね〉ということは

「〝本〟と〝末〟とを〈ひかり〉によって結び付ける」

ということであります。

つまり、この〈思う〉ということは、万我、万事、万物を〈兼ねる〉ことが、この〈思い兼ね〉であります。

そして、天照大御神が天岩屋戸にお籠りになった原因は、須佐之男命《すさのおのみこと》と八百万神との《かちさび》（搗ち合い）であって、これは幸御魂の作用から起こる免《まぬが》れ難い穢《けが》れであります。

それで、八百万神の中から円満な和御魂、言い換えれば〝ひ〟の〈ひかり〉を引き出すために、天照大御神は天岩屋戸にお籠りになったのであって、思兼神の〈思い兼ね〉は、このような天照大御神のお心を思い計り、また、八百万神の正しい姿を思い計って、天照大御神に天岩屋戸からお出まし願うにはどうすべきか、お籠りの原因を取り除くにはどうすべきかをお考えになったのであります。

ところが、お籠りの原因は、須佐之男命と八百万神との幸御魂の作用から起こった《かちさび》（揚ち合い）ですから、須佐之男命と八百万神から奇御魂の完全な働きを取り戻すこと、つまり、幸御魂と奇御魂の本来の調和した正しい荒御魂の状態に回復させることが〈思い兼ね〉の大眼目になるわけで、もっと言えば

「須佐之男命と八百万神の完全な一心同体の姿を現わす」

ということが、思兼神の〈思い兼ね〉の内容で

「どのような完全な一心同体の姿が天岩屋戸の前に示されるか」

ということが、次の段落になるのであります。

第三章　とこよのながなきどり

原　文

集常世長鳴鳥、令鳴而

書き下し文

常世《とこよ》の長鳴鳥《ながなきどり》を集めて鳴かしめて

まえがき

《とこよのながなきどり》は『古事記』の原典には〈常世長鳴鳥〉と書いてあります。

思兼神《おもいかねのかみ》の〈思い兼ね〉によって、天岩屋戸《あまのいわやと》の前に集められて鳴いた鶏のことですが、ただそういう事柄だけでなく、深く考えさせられるところがありますので、一項目として、こういう題をつけ、原典の意味を汲《く》んで、現代文に書き綴《つづ》ります。

本文

□常世の長鳴鳥

思兼神《おもいかねのかみ》は八百万神《やおよろずのかみ》の見守りとともに、御魂鎮《みたましず》めをして〈思い兼ね〉なさいました結果、天岩屋戸《あまのいわやと》にお籠《こも》り遊ばした天照大御神《あまてらすおおみかみ》にお出ましいただくための諸々《もろもろ》の提案をなさいましたが、八百万神が喜んでお従いになったことは言うまでもありません。

最初に思兼神がご提案になった事柄は

――常世《とこよ》の長鳴鳥《ながなきどり》を集めて、天岩屋戸の前で鳴かせる

ということで、常世の長鳴鳥があちこちから呼び集められましたが、このことについては、思兼神と八百万神との間で、次のような問答が行われました。

先《ま》ず、思兼神が仰せになりました。

「御魂鎮めをしていたところ、須佐之男命《すさのおのみこと》と八百万神の《かちさび》（掲《か》ち合い）で起こった禍いのために、苦しめられている者の鳴き声が、私の耳に聞こえてきました。

あなた方は今まで、めいめいの受持ちに忠実であり、熱心であるあまりに、これら気の毒な者の苦しみに、少しも同情をなさいませんでした。これは相済まないことだと思いますが、如何《いかが》ですか」

このように問われた八百万神は

「そのとおりで、気が付いてみれば、私どもは何という思い遣《や》りのないことをしておったかと反省しております」

こう言って、素直にお謝りになり、これに対して、思兼神は

「皆さんが、そうお気付きになれば結構ですが、もう一つ気付いていただきたいのは常世の長鳴鳥のことです。

この常世の長鳴鳥は、高天原《たかまのはら》にも、現《うつ》し世にも、黄泉《よみ》の国にも居て、みんな禍いや穢《けが》れのあることをよく知っており、その原因が〈ひのかみ〉の〃ひ〃の存在を忘れたことにあることも知っております。

しかも、この常世の長鳴鳥は、禍いや穢れのある闇夜の中に居て、一所懸命に〈ひのかみ〉のお出ましをお祈りしております。

八百万神よ。あなた方はかつて、このような常世の長鳴鳥の悲痛な鳴き声に耳を傾けないで、何のために鳴くのかも考えないで、ただ〈うるさい奴だ〉と思っていたでしょう」

こうご指摘になりました。

□ 長鳴鳥の鳴き声

これを聞かれた八百万神は

「いかにも仰せのとおりです」

こう言って、頭をお下げになりました。

「揺ち合いの状態にあったあなた方には、常世の長鳴鳥の真面目《まじめ》な気持ちがお解りにならなかったのですが、こうして天安河原《あめのやすのかわら》に神集《かむつど》いして神はかりをしている皆さんには、よく鳴き声が聞こえ、その鳴く気持ちもお解りになると思います。

それどころか、今の私たちは、常世の長鳴鳥の気持ちになって、天照大御神の〝ひ〟のひかりを称《たた》え、天岩屋戸からのお出ましを心からお祈りしております。

そこで、今まで見向きもしなかった常世の長鳴鳥をみんな天岩屋戸前に集めて、その鳴き声を、天岩屋戸にお籠りになっている天照大御神様に聞いていただかなくてはならないと思います」

このような思兼神の仰せに対して、八百万神が心からご賛成になったことは言うまでもありません。

こうして、悉《ことごと》くの常世の長鳴鳥が天岩屋戸の前に呼び集められましたが、その中には須佐之男命がなさった天斑駒《あめのふちこま》堕《おと》し入れのために、陰上《かくしどころ》を衝《つ》いて亡くなられた天衣織女《あめのみそおりめ》のために鳴いておった常世の長鳴鳥も居たでありましょう。

あるいは、須佐之男命の《なきいさち》によって起こった数々の穢れのために鳴いておった常世の長鳴鳥も居たでありましょう。とにかく、悉くの常世の長鳴鳥が天岩屋戸の前に呼び集められました。

このようにして〈ひのかみ〉の〝ひ〟の価値を心から知り、かつ慕《した》っている常世の長鳴鳥が、天岩屋戸の前に集められて鳴くことになりました。後で述べるように、種々の準備が全て整った天岩屋戸の前で、常世の長鳴鳥は、〈ひのかみ〉である天照大御神のおめぐみを称《たた》え、声を揃《そろ》えて鳴いたのであります。

この鳴き声は、八百万神の悉くに〈ひのかみ〉の〝ひ〟の本質を、強く思い出させずにはおられませんでした。そのお心に励まされて〈常世の長鳴鳥〉は、ますます熱心に鳴き続けたのでして、その鳴き声は天岩屋戸の中にお籠りになっている天照大御神にも、よくお聞き取れたと思うのであります。

あとがき

□万霊万物の心

さて、常世の長鳴鳥という存在を言葉通りに解釈しますと
「闇夜の中で、夜が明けるのを待ち望んで、声を長々と引いて鳴く鶏」
ということになって、物語として子どもに話すときには、このように話

してもよいでしょうが、『古事記』は日本国民としての実生活指導の原理が解き明かされている神典であります。

したがって、この常世の長鳴鳥のお諭《さと》しは真剣に学ばなければならないし、読ませていただくと、実は常世の長鳴鳥の鳴き声は、大昔に居た鶏の鳴き声ではなくて、今の世の私たちの耳にも、はっきりと聞こえてくる人々の泣き声であります。

あるいは〈常夜往《ゆ》く〉という言葉の〝よ〟が〝夜〟とあるのに対して、直《す》ぐ後で〝世〟と書き改めてあるのですから、この常世の長鳴鳥の〝とこよ〟を〝常夜〟と狭《せま》く解釈してはなりません。

もちろん〈とこよ〉の中には〝常夜〟も入りますが、もっと広く〈時間的には過去、現在、未来にわたり、空間的には四方八方の全方位に及び、別の方面からは霊界・精神界の各界にわたる〉という意味と解釈すべきであります。

次に〝長鳴き〟という言葉について考察しますと、これは鶏の音声が長く続くことから言った言葉に違いありませんが、どこまでも鳴き続けて、〈ひのかみ〉の貴さと、〈ひのかみ〉を忘れてはならぬことを、徹底的に辛《しん》抱《ぼう》強く知らせようとして、飽《あ》くまでも已《や》まない意志の強さを、鶏の鳴き声を借りて表現しているのであります。

さらに〝とり〟について申し上げますと、お伽噺《とぎばなし》としては鶏のことですが、実は〝とり〟をもって代表させている〈万霊万物の心〉を現わしたものと考えてよいと思います。

つまり、常世の長鳴鳥というのは

「全世界の万霊万物に〝ひ〟の本質と、その貴さを知らせるために、鳴いて鳴いて鳴き止むことのない声」

であって、このように考えると、常世の長鳴鳥というのは、昔々居った〝とり〟ではないことに気が付きます。

□歴史上の長鳴鳥

次に理屈を離れて、日本歴史の中から常世の長鳴鳥の声を聞いてみたいと思います。

かつて、藤原時平《ふじわらのときひら》に讒言《ざんげん》されて、京の都から九州の大宰府《だざいふ》に流され、配所《はいしょ》で『去年今夜侍清涼《きょねんのこんやせいりょうにじす》』の詩を作った菅原道真《すがわらのみちざね》公のことを思うと、そこに常世の長鳴鳥の声が聞こえてくるような気がいたします。

また、僧・道鏡《どうきょう》と闘って、〝ひ〟のひかりを明らかにされた和気清麻呂《わけのきよまろ》公のことを思うと、そこにも〝ひ〟を忘れてはならぬと、強く鳴いている常世の長鳴鳥の声が聞こえてまいります。

あるいは

「忠《ちゅう》ならんと欲すれば孝《こう》ならず、孝ならんと欲すれば忠ならず」

こう言って、父・平清盛に対して、〝ひ〟を忘れてはならぬと忠告し続けて、心労のあまり斃《たお》れた平重盛《たいらのしげもり》のことを思うと、その霊魂が〈常世の長鳴鳥〉になって、国体の本義を叫《さけ》び続けているような気がいたします。

さらには、鎌倉幕府の越権《えっけん》行為と骨肉《こつにく》闘争に心を痛めて

山は裂け　海はあせなん　世なりとも
君に二心　われあらめやも

と歌って、二十八歳の短い生涯を終わった源《みなもとの》実朝《さねとも》のことを偲《しの》ぶと、そこからも常世の長鳴鳥の鳴き声が聞こえてくるのであります。

次に『承久《じょうきゅう》の変』の結果、北条義時《ほうじょうよしとき》は後鳥羽《ごとば》上皇《じょうこう》を隠岐《おき》に、土御門《つちみかど》上皇を土佐に、順徳《じゅんとく》上皇を佐渡に、それぞれ流罪《るざい》するという、比類《ひるい》のない無道を行っており、義時のこのような専横《せんおう》は、心ある日本人の胸を痛めずにはおかない、国体無視の悪逆な行いであります。

隠岐の小島に十九年間お過ごしになり

我こそは　新島守よ　隠岐の島の
荒き波風　心して吹け

と御詠《よ》みになった後鳥羽上皇のことをお偲びして、泣かない日本人はいないのであります。

『承久の変』は、日本国内に無数の常世の長鳴鳥を生んで、その鳴き声がやがて『建武中興《けんむのちゅうこう》』を呼び起こすことになったのですが『建武中興』の大業は完成を見るに至らず、世の乱れとなった吉野時代には、楠木《くすのき》氏、新田《にった》氏、菊池氏等の一族あげての誠忠《せいちゅう》に泣かぬ者はなく、北畠親房《きたばたけちかふさ》の著わした『神皇正統記《じんのうしょうとうき》』に至っては、全巻が常世の長鳴鳥の声となって、読む者の心を揺《ゆ》り動かします。

あるいは、徳川時代における山鹿素行《やまがそこう》、竹内式部《たけうちしきぶ》、山縣大弐《やまがただいに》、高山彦九郎《たかやまひこくろう》などの生涯、この人々の一生が日本の本質、即《すなわ》ち〝ひ〟の本質を明らかにして、国民にこれを知らせるために捧げ尽くした一生だったことを思うと、これらの人々の魂を受けて、天地と共に鳴き続ける〈常世の長鳴鳥〉の声が聞こえてくるような気がします。

そしてまた、これらの人々の叫び声を、罪ある声、奇人の声として排斥《はいせき》しているうちは、天照大御神は天岩屋戸にお籠り続け遊ばすより他にいたし方ないと思うのであります。

さて、このような〈ひのかみ〉と〈ひのみこ〉のお恵みの深さを考えると、罪に泣き生活に苦しむ者の泣き声を、たとえ一人の者でも押さえ付けて〈ひのかみ〉と〈ひのみこ〉のお耳に入らないような邪魔《じゃま》をしてはならないので『古事記』には

「常世の長鳴鳥を集めて鳴かしめて」

と書いてあるわけです。

いままでは、自分たちめいめいの受持ちの遂行《すいこう》のみに熱心で、他の受持ちを顧《かえり》みなかったのですが、思兼神の導きによって常世の長鳴鳥があちこちに居ることにお気付きになり、その悉《ことごと》くを天岩屋戸前に集め、鳴き声を天照大御神のお耳に入れることになって、これが天岩屋戸からのお出まし

の端緒《たんしょ》になったことは当然であります。

□小さな長鳴鳥

次に、現実のわれわれの生活上に考えを及ぼしますと、世の中は時の推移とともに、さまざまの事柄が進んでいきますが、進み方が揃わなかったり、技術や制度を使いこなすことができなかったりして、解決のつかない困難な問題がいろいろと起こってまいります。

たとえば、失業の問題、貧困の問題、離婚の問題、医療の問題、人口の問題、土地の問題、人種の問題など、泣かなければならぬ事態が生じて、泣かなければならぬ人、泣かなければならぬ家や地方自治体、あるいは、人種が生じます。

こうして、泣かなければならない場合には、ごまかさずに正直に泣くことが大事で、泣いても聞いて下さる方がいないならば、一時逃れのごまかしより他に致し方ありません。

しかし、八百万神と須佐之男命との間の《かちさび》の穢れをお引受けになって、天岩屋戸にお籠りになった天照大御神の存在を信じ、その上に常世の長鳴鳥を集め鳴かせたお諭しをいただいているわれわれは、一時逃れのごまかしは許されませんが、最悪の場合でも、小さな常世の長鳴鳥になれるということは、本当に有難いことだと感謝せずにはおられないのであります。

第四章　かがみ

原　文

取天安河之河上之天堅石、取天金山之鐵而、求鍛人天津麻羅而、科伊斯許理度賣命、令作鏡

書き下し文

天安河《あめのやすのかは》の河上の天《あめ》の堅石《かたしは》を取り、天の金山《かなやま》の鐵《まがね》を取りて、鍛人《かぬち》天津麻《あまつま》羅《ら》を求《ま》ぎて、伊斯許理度賣命《いしこりどめのみこと》に科《おほ》せて鏡を作らしめ

まえがき

《かがみ》は『古事記』の原典には漢字で〝鏡〟と書いてあって、今日の私たちはガラスで作った鏡を想像し、顔や姿を映して容姿《ようし》を整えるための道具だと考えておりますが、昔の人たちの鏡に対する考え方は、今日の私たちとはだいぶ異なっておりました。

例えば『古語拾遺《こごしゅうい》』には〈日像《ひがた》の鏡〉と出ており、また『日本書紀』には〈神の御像《みかた》〉と出ているように、この場合は、八百万神《やおよろずのかみ》が天照大《あまてらすおお》御神《みかみ》のお姿を形取ってお作りしたお鏡のことで、後に〈三種の神器〉の一つになります。

本文

□天照大御神の象徴

二つ目の提案として、思兼神は次のように仰せになりました。

「天照大御神《あまてらすおおみかみ》様が天岩屋戸《あまのいわやと》にお籠《こも》りあそばしたのは、われわれ八百万《やおよろずの》神《かみ》が〈ひのかみ〉である天照大御神様のみ恵みに慣れ過ぎて〈ひのかみ〉としての貴さを忘れておったためであります。

ところが、天照大御神様が天岩屋戸にお籠りになったために、われわれは〈ひのかみ〉としての貴さをしみじみと味わっているのですが、いま改めて〈ひのかみ〉のみひかりがわれわれの生活の中心であることを自覚して、本当にお慕《した》い申し上げている気持ちを形の上にお示ししなければならないと思います。

このように、形の上に現わすと、われわれの気持ちもいよいよはっきりしますし、今後とも天照大御神様のことを忘れないように努める頼りにもなると思います。

そこで、私は八百万神それぞれが、天照大御神様のお姿を現わした品物をお作りすることを提案します。ただ、天照大御神様のみ恵みには限りない深さと広さがありますから、そのお姿を形で現わすのは実に難しいことであります。

しかし、この難しい仕事をやり遂げて、天照大御神様のお姿をいつも忘れずにいることができるなら、それを頼りとして〝ひ〟を全ての中心として、私どもの生活を整えることができると思います。

さらに、このような品物を作るためには、私どもの気持ちが浄《きよ》められ、天照大御神様の〈ひのかみ〉としてのお姿を明らかに知っていなければなりません。そして、こういう品物をお作りするためには、私どもの気持ちが明るく澄みきっていなければならないし、私どもの行動が正しくなければなりません。

　こうして、一旦《いったん》そういうものが出来上がれば、それに倣《なら》って同じような品物をお作りして、それを拝《おが》むことによって〈ひのかみ〉のみひかりをいただき、われわれは自らの日常生活を整えることができると思いますし、天岩屋戸にお籠りになった天照大御神様に対するお詫《わ》びの気持ちもはっきり現われると思います」

　このような提案に対して、八百万神は
「たいへんよいことを教えて下さいました。みんな心を合わせて、是非ともそのような品物を作りたいと思います」

　と仰せになり〈それでは、天照大御神様のお姿を現わす品物として、どのようなものがよろしいか〉ということが問題になって、さまざまな意見が出されました。

□日の形をした鏡

なぜなら、どんな品物でもって、どんな形を現わしたところで〈ひのかみ〉としての天照大御神のお姿を完全に現わすことは困難だからですが、止むに止まれぬ心になっている八百万神ですから〈どんな形のどんな品物を作ればよいか〉について、いろいろと熱心な意見が出ました。

そして、最後に思兼神がご裁決《はからい》になったところの「われわれは天照大御神様を〈ひのかみ〉とお慕《した》い申し上げ、その恵みの広大なことを、日（太陽）が万物を育てているのにお例え申し上げることもありますから、日の形がふさわしいと思います。

それから、お作りする品物は、鏡が最もふさわしいと思います。第一に、形を丸く円満にでき、それに鏡は自らに曇《くも》りがなく澄《す》み渡っていて、万物をありのまま受け入れて映し出します。

そして、どんなものを映しても、自らは決して穢《けが》れることはなく、あたかも天照大御神様が、あらゆるものを、ありのままに、お恵みの中にお取り入れ下さって、育《はぐく》み育《そだ》てて下さるのに似ています。

それで、作る品物は《かがみ》（加加美、加賀美、鏡）にして、われわれは天照大御神様のお姿と慈《いつく》しみとを、よりよく偲《しの》ぶことができるような見事な鏡を作ることにいたしましょう」

という提案を受け入れることに決まりました。

そこで、鏡とこれに付随《ふずい》する品物を作る準備として、天安河《あめのやすのかは》の河上《かわら》から、しっかりした堅い石を取り寄せましたが、これは鍛工《たんこう》が使用する鉄床《かなとこ》に使うためです。

それから、天金山《あめのかなやま》の鐵《まがね》を取ってきましたが、ただの品物を作るわけではないので、道具や材料には念には念を入れて、天安河や天金山から石や鐵《まがね》を取り寄せ、そして、鍛工としては、これを本職としている天津麻羅《あまつまら》という人を呼び寄せました。

こうして、念には念を入れましたので、石や鐵《まがね》が正しく生かされることになり、また、その職分を持っている人が正しく使って、八百万神の身も心も澄み渡って、見事な鏡を作り上げることに、みんなの心が一つになっており、誰一人として

「自分が何をしなければだめだ」

など、我儘《わがまま》なことを言う方はありませんでした。

さて、滞《とどこお》りなく準備が整ったところで、伊斯許理度賣命《いしこりどめのみこと》が、八百万神全体のお気持ちを一身にお背負いになり、鏡をお作りすることになり、真剣で真面目なお仕事が続けられ、その中から、見事な鏡が出来上がり、ご覧になった一同の神さまは

「う、う、う」

と仰せになって、嬉し泣きにお泣きになって、その鏡をお拝みになりました。

あとがき

□《かがみ》という言葉

先《ま》ず《かがみ》という言葉ですが『古事記』『日本書紀』『古語拾遺《こごしゅうい》』などでは、〃鏡〃という漢字が使ってあり、『万葉集』では〃加々美〃〃加賀美〃という文字を使ってありますが、みんな宛字《あてじ》で、昔は音《おん》で〃かみ〃もしくは〃かがみ〃と言ったのだろうと思います。

そこで〈この〃かみ〃あるいは〃かがみ〃という言葉はどんな意味だろうか〉が問題になりますが、〃かみ〃の〃か〃は《うかのみたまのかみ》のご神名にある〃か〃と同じ意味を現わし、あるいは《とようけのおおかみ》のご神名にある〃け〃と同じ意味の言葉であります。

そして、この〃か〃と〃け〃は〈〃ひ〃の作れるもの〉という意味を現わしている言葉で、〞み〞は、〞身〞〞実〞などの漢字で推察できる意味を現わしている言葉で、〞かみ〞もしくは〞かがみ〞は、この二つを継《つ》ぎ合わせた言葉であります。

つまり、〞かかみ〞〞かみ〞は〈神の作り給《たま》えるもの〉〈神の現われたるもの〉という意味で、このように考えると《かがみ》という言葉は、神と深い関係のあることがわかります。

そして、このような〞か〞や〞け〞が水に映ったのを見て、〞か〞または〞け〞と言い、さらに転じて〞かかみ〞〞かけみ〞〞かみ〞〞かがみ〞となったものと思われ、大昔は鐵《まがね》や銅で作った鏡はなかったのですから、〈みず（水）かかみ〉がいちばん初めの鏡であったに違いありません。

その次に〈かめ（瓶）〉に水を湛《たた》えて〞か〞や〞け〞を映すようになったのだろうと考えられ、したがって〈かめ（瓶）〉という言葉の元は〞かかみ〞〞かけみ〞〞かみ〞であります。

□ 産霊《むすび》の心

さて、八百万神《やおよろずのかみ》が思兼神《おもいかねのかみ》の思い兼ねによって、伊斯許理度賣命《いしこりどめのみこと》にお命じになって、お鏡をお作りになったことは、清明心（あかきこころ）があれば、その心を必ず行為に現わし、物事の上に現わさなければならないことをお示しになっていると思います。

天照大御神《あまてらすおおみかみ》の天岩屋戸《あまのいわやと》お籠《こも》りの結果、八百万神は〈ひのかみ〉の貴さをはっきりお認めになり、神としての心をお出しになったのですから、それだけでよいような気がしますが、そのうえ、材料の準備から製作する人の選定に至るまで、細心の注意をなさって〈ひのかみ〉の神像としてのお鏡をお作りになったのであります。

このお鏡作りの中には、さまざまな限りないお諭《さと》しが含まれており、第一に、八百万神がご反省になって、自らの中からお取り出しになった心は〈ひのかみ〉の分け御霊《みたま》としての心、現代的に言えば真心で、古語で表現

すれば産霊《むすび》の心であり、これは日本民族の根本思想の一つで
「物は真心によって使いなさい。物は物事の上に実現しなさい」
というお諭しが、このお鏡作りで味わわせていただけると思います。
また〈神ながらことあげせぬ国〉という原理で申すならば
「〈こと〉は必ず〈ひのかみ〉のお心に適うように作り、かつ、使いなさい」
ということをお示しになると共に、真心、つまり〈ひのかみ〉のお心に適う心が出たときには、その気持ちは物を作ることによって完成されるものであるということが味わわれると思うのであります。

□正しい偶像崇拝《ぐうぞうすうはい》

次に、八百万神がお鏡をお作りになったのは、現実の天照大御神のご存在だけでは満足できないで〈天照大御神の現われである物としての何か〉

が必要であったことを示しており、それも単に必要であっただけではなくて、それが良いことであったことをお示しになっています。

要するに、お鏡の製作は、八百万神としての最も重大なお仕事の一つであることを、神典『古事記』によってお示しになっているのでして、このことは、天孫降臨《てんそんこうりん》の際の

「此《これ》の鏡は、専《もは》ら我が御魂《みたま》として、吾が前を拝《いつ》くが如《ごと》拝《いつ》き奉《まつ》れ」

というご神勅《しんちょく》においても明らかであるように、八百万神がお鏡をお作りになったことを、天照大御神はご認可になって〈神そのものの現われとしての物〉が必要であることを示すお諭しとして、このお鏡の問題を考える必要があります。

菅原道真《すがわらのみちざね》の和歌に

こころだに　まことの道に　かなひなば
いのらずとても　神やまもらむ

というのがありますが、これは、迷信的に祈ったり、あるいは、いたずらに形式的な礼拝《らいはい》の如《ごと》き宗教的行事をやっている者に対する一つの戒《いまし》めであろうと思います。

われわれ日本人は、時にふれ折《おり》にふれて祈らずにはおられないのが本音で、なぜなら、祈らないでは真心が出ないのでして、しかも、祈るためには、祈りを行う場所と、祈る対象がなくては、祈りが本物にならないので、正しい意味での偶像は必要になってきます。

巷《ちまた》には《偶像崇拝《ぐうぞうすうはい》》と言って、神の形を現わしたもの全てを排斥《はいせき》することが清いことであるかの如《ごと》き考え方をする人がいますが、現実的にわれわれは偶像なしには生きていくことができないのでして、正しい意味の偶像は決して排斥されるべきものではありません。

このように考えますと、八百万神が真心を込めてお作りになったお鏡は、品物だけれども単なる品物ではなくて、八百万神の真心そのもので、八百万神の真心の源《みなもと》は〈ひのかみ〉の大御心《おおみこころ》ですから、お鏡はまた〈ひのかみ〉の大御心そのものであります。

この八百万神の真心の結実であるお鏡を、天照大御神が自己の姿とお認めになったのですから、いわば〈おおみおや〉である〈ひのかみ〉が、このお鏡を自らのお子としてお認めになったことになります。

これが基になって、天孫降臨の際、邇邇芸命《ににぎのみこと》に賜った神鏡奉斎《しんきょうほうさい》のご神勅が生まれ、このご神勅が基礎になって伊勢の大神宮が造営され、この伊勢の大神宮はわが国の神社制度の中心であります。

そして、この制度も一つの偶像ですけれども、神社という制度は日本においてはなくてはならぬ一つの形であって、日本人の家に神棚《かみだな》がどうしてもなくてはならぬ形であるのと同じであります。

□ 本当の学問

次に、このお鏡作りを、学問や技術と思い合わせて考えてみたいと思います。

天照大御神が天岩屋戸にお籠りになる前、高天原《たかまのはら》においては、八百万神はめいめい勝手に、自分の思い思いの学問をやって、本当の学問は天照大御神の〝ひ〟の〈みひかり〉の実現として行うべきであることを忘れており、そのためにさまざまの搗《か》ち合いや穢れができて、天照大御神のお籠りという事態が起こってしまいました。

その結果、八百万神は〝ひ〟の〈みひかり〉を思い出し、今まで振り向きもしなかった思兼神がお出でになることに気が付き、思兼神の指図によってお作りになったのがお鏡でありました。

そして、このお諭しは、学問の中心と出発点を〈ひのかみ〉に置いて、考え方を整えなければならないということと同時に

「本当の学問は、ただ考えるだけではなくて、その学問の結果を〈ひのかみ〉のみひかりを現わす物として作り出さなければならない」

ということが教えられております。

例えば、現代語の工業という言葉を古い日本語で現わすと〈たくみ〉と言いますが、この語源は〝た〟は〝手〟であり、この〝た〟を組むのが〈たくみ〉であります。

そして〝くむ〟は〝組む〟ですが、いちばんの根源は〝かむ〟で、例えば、酒を〝かむ〟という言葉があり、〝かもす神〟という神社名があるように、物を生み（作り）出すことを意味します。

このように〈たくみ〉という言葉の上に現われているところを考えてみますと、八百万神のお鏡作りは、本当の〈たくみ〉だったのでして、現代の工業は、みんなこの〈たくみ〉の中から生まれ出たものであります。

□日本人と日章旗

次に、日本の国旗について考えてみたいと思います。

明治天皇の御製《ぎょせい》に

くもりなき　朝日のはたに　あまてらす
　神のみいつを　あふげ国民

というのがあります。

この御製の中で〈朝日のはた〉とお詠《よ》みになっているのは、私どもが平生《へいぜい》〈日章旗《にっしょうき》〉と言っている国旗のことで、この〈日の丸〉の旗は、われわれ日本人にとって、自身が日本人であることを目覚めさせもしますし、われわれが日本人であることの喜びを味わわせてくれる大切な〈しるし〉であります。

外国に行っている日本人が〈日章旗〉を仰ぎ見て感じる何とも言えぬ感激のことを思い浮かべてみて下さい。

私にも体験がありまして、以前に支那《シナ》の福建省《ふっけんしょう》に行ったとき、山奥のお寺を訪ね、そこから福州に出て閔江《びんこう》を遡《さかのぼ》ってくる船の日章旗を見たとき、何とも言えぬ涙がひとりでにこぼれたのであります。

この日本の国旗の中心は、〈ひのかみ〉である天照大御神の〈みかた〉（御像）を現わしている〈日の丸〉で、このことをはっきり申し伝えているのが『古事記』の、このお鏡のところであります。

これが〝国旗〟として、法律で制定されたのは明治三年一月二十七日で、それは明治維新の結果、日本が国際的に東洋の日本から世界の日本として現われ出ましたので、国家としての〈しるし〉の必要が生じたためですが、歴史的事実としては、いつとも知れぬ大昔から、日の丸の形を貴び用いてきているのであります。

記録によると、文武《もんむ》天皇が大宝《たいほう》元年に大極殿《だいごくでん》に日月の像の幡《はた》をお立てになって以来、歴代の天皇がご即位の際には、必ずこの日月の像をお立てになりますし、後醍醐《ごだいご》天皇が笠置《かさぎ》に行幸《ぎょうこう》なさった時にも、日月の像を現わした錦旗《きんき》をお立てになったということであります。

第五章　たまつくりのこころ

原　文

科玉祖命、令作八尺勾玉之五百津之御須麻流之珠而

書き下し文

玉祖命《たまのおやのみこと》の科せて、八尺勾玉之五百津之美須麻流之珠《やさかのまがたまのいほつのみすまるのたま》を作らしめて

まえがき

ここで〈たま〉とあるのは《やさかのまがたまのいほつのみすまるのたま》（八尺勾玉之五百津之美須麻流之珠）のことで、『古事記』の原典には伊《い》邪《ざ》那《な》岐《ぎ》命《のみこと》が三貴子（天照大御神《あまてらすおおみかみ》、須佐之男命《すさのおのみこと》、月読命《つくよみのみこと》）の受持ちをお定めになる段落と、天照大御神と須佐之男命の〈みこうみ〉の段落に出ております。

それで、八尺勾玉之五百津之美須麻流之珠《やさかのまがたまのいほつのみすまるのたま》のことについては、以前に一度、この言葉の意味を説明しましたが、この段落においては、以前とは違う意味のお諭《さと》しがあると思いますので、一項目として取り上げました。

本文

□八尺勾玉之五百津之美須麻流之珠

次に、思兼神《おもいかねのかみ》は仰《おお》せになりました。

「ここで、皆さまに重大なことを一つ申し上げます。

それは、八尺勾玉之五百津之美須麻流之珠《やさかのまがたまのいほつのみすまるのたま》のことで、この珠は〈ひのかみ〉天照大御神《あまてらすおおみかみ》様が伊邪那岐命《いざなぎのみこと》様からいただいた神宝《しんぽう》で、天照大御神様はこの珠を常に御身から放さずに、大切に奉持《ほうじ》しておられました。そして、この珠のお示しになる伊邪那岐命様からお授かりになった〈ひのかみ〉としてのご自身の使命をお忘れにならないように、お努めあそばしておられました。

したがって、天照大御神様を親神としていただいている八百万神《やおよろずのかみ》にとって、この八尺勾玉之五百津之美須麻流之珠《やさかのまがたまのいほつのみすまるのたま》は、その〈みひかり〉を仰ぐことによって、八百万神としての受持ち分担をお示しいただく神宝であって、〈みひかり〉の畏《かしこ》さを天照大御神様のお籠《こも》りによってしみじみと反省させていただいております。

　そして、天照大御神様は〈ひのかみ〉としてのご自身の使命を実現あそばすために、この八尺勾玉之五百津之美須麻流之珠《やさかのまがたまのいほつのみすまるのたま》から正勝吾勝勝速日《まさかつあかつかちはやひ》天忍穂耳命《あめのおしほみみのみこと》様をお生みあそばしました。

　われわれは正勝吾勝勝速日《まさかつあかつかちはやひ》天忍穂耳命《あめのおしほみみのみこと》様のご誕生を仰ぎ、この神こそ〈ひのかみ〉天照大御神様が、いつか現《うつ》し国にお移りあそばすときには主宰者となられる神さまであると喜びあったのでありました。
また〈ひのかみ〉天照大御神様のご使命が、高天原《たかまのはら》を光り輝くところにすることにあったことは言うまでもありませんが、それだけでは終わらなくて、高天原の理想を地上の葦原中国《あしはらのなかつくに》にお作りあそばすことにあったのはもちろんです。

そこで、このような使命を担っておられる〈ひのかみ〉天照大御神様をいつも忘れずにいるためにお鏡をお作り申し上げましたが、同様の気持ちで八尺《やさか》勾玉《まがたま》之《の》五百津《いほつ》之《の》美須麻流《みすまる》之《の》珠《たま》をかたどった〈たま〉を作りたいと思います。

そして、われわれはこの〈たま〉を朝に夕に仰ぎまつることによって、正勝《まさかつ》吾勝《あかつ》勝速日《かちはやひ》天忍穂耳命《あめのおしほみみのみこと》様の〈ひのみこ〉としてのご存在とご使命を忘れることなくご奉仕することができると思います」

八百万神は、この思兼神のご提案をお聞きになって
「よいことに気付いて下さいました。是非そのような〈たま〉をお作りいたしましょう」

と言って、ご賛成になりました。

そして、この珠作りは、これを本業とする玉祖命《たまのおやのみこと》がお引受けになり、

美事《みごと》な八尺勾玉之五百津之美須麻流之珠《やさかのまがたまのいほつのみすまるのたま》が完成したときには、八百万神は

「う、う、う」

と仰せになって、たいへんお喜びになりました。

あとがき

□天皇のご本質

以下、さまざまの方面から反省いたします。

先《ま》ず、思兼神《おもいかねのかみ》のご提案により、八百万神《やおよろずのかみ》が八尺勾玉之五百津之美須麻流之珠《やさかのまがたまのいほつのみすまるのたま》をお作りになったことは〈ひのみこ〉のご本質と、そのご作用についての心からの喜びを現わしております。

そこで、われわれ国民としての立場から、このお諭《さと》しの意味を考えてみますと

「天皇のご本質とそのご作用を忘れてはならぬ」

ということを、強く反省するのであります。

例えば、皇統《こうとう》に対するお諭しとして、北畠親房卿《きたばたけちかふさ》は『神皇正統記《じんのうしょうとうき》』を著《あらわ》して、その初めに

「大日本《おおやまと》は神國《かみのくに》なり。天祖《あまつみおや》はじめて基《もとい》をひらき、日神《ひのかみ》ながく統《とう》を傳給《つたえたま》ふ。我國《わがくに》のみ此事《このこと》あり。異朝《いちょう》には其《その》たぐひなし。此故《このゆえ》に神國《かみのくに》と云《いふ》なり」

と書いておられ、北畠親房卿が皇統の問題をどんなに真剣に考えておったかということが解るのであります。

また『出雲国造神賀詞《いずものくにのみやつこのかんよごと》』には

「挂麻久毛《かけまくも》畏岐《かしこき》明御神《あきつみかみ》止《と》大八島《おおやしま》所食須《しろしめす》天皇命《すめらみこと》乃《の》大御代《おおみよ》乎《か》」

と書いてあります。

次に『万葉集』にある代表的な歌を掲げます。

皇《おおきみ》は　神にしませば　天雲《あまぐも》の
　雷《いかづち》の上に　廬《いほり》するかも　　柿本人麻呂《かきのもとのひとまろ》

皇は　神にしませば　真木の
　立つ荒山中に　海をなすかも　　柿本人麻呂

皇は　神にし坐《ま》せば　赤駒の
　匍匐《はらば》ふ田井《たい》を　京師《みやこ》となしつ　　大伴御行《おおとものみゆき》

天地《あめつち》は　足らはし照りて　吾が大皇
　敷き坐せばかも　楽《たぬ》しき小里　　大伴家持《おおとものやかもち》

大王《おおきみ》は　神にし坐せば　水鳥の
　多集《すだく》水沼《みぬま》を　皇都《みやこ》となくつ　　作者不詳

このように考えますと、天照大御神から賜《たまわ》った天孫降臨《てんそんこうりん》の際のご神勅《しんちょく》を導き出した高天原《たかまのはら》における〝信〟の現われが、八百万神の〈たまつくり〉

であります。

ところが、日本歴史の上には、鎌倉幕府や徳川幕府のような不都合なものがありましたし、最近は種々の思想が、ご皇室の第一義性と尊厳性とを認めまいとしましたが、こういう事実を踏まえて、いまやわれわれは神典『古事記』の〈たまつくりのこころ〉を真剣に反省しなければならないと思うのであります。

第六章　うらへ

原文

召天兒屋命、布刀玉命而、内抜天香山之真男鹿之肩抜而、取天香山之天波波迦而、令占合麻迦那波而

書き下し文

天兒屋命《あめのこやねのみこと》、布刀玉命《ふとたまのみこと》を召《め》して、天《あめ》の香山《かぐやま》の真男鹿《まおしか》の肩《かた》を内抜《うつぬ》に抜きて、天の香山の天の朱桜《ははか》を取りて、占合《うらな》ひまかなはしめて

まえがき

《うらへ》は『古事記』の原典には "占合^{うらなひ}" と書いてあり、〈ある方法をもって神意を問う〉ことを言います。

同じ『古事記』の中で伊邪那岐命^{いざなぎのみこと}と伊邪那美命^{いざなみのみこと}の〈みこうみ〉のところでは "卜相" という漢字が使ってあり、本居宣長^{もとおりのりなが}先生はこれを〈うらへ〉と読んでおられます。

さて、この《うらへ》（占合）は "占" という文字が当ててあることで解るように〈占い〉という現代語と関係のある言葉で、〈としうら〉〈あしうら〉〈ゆめうら〉などの言葉もありますし、通俗^{つうぞく}に易者^{えきしゃ}とか売卜者^{ばいぼくしゃ}を思い出して

「あの迷信的な占いのことか」

と蔑《さげす》む人が多いのですが、それは決して迷信などではなくて、神聖な行事の一つであります。

〝神〟の存在を信じることのできない人にとっては、〈神さまの御心をお伺いする〉などというのは滑稽《こっけい》でしょうが、神の存在を知り信じる人にとっては、〈神さまのお心をお伺いする〉ことは、極めて重大であり、欠かせないことであります。

本文

□ **五百津真賢木《いほつまさかき》**

次に、思兼神は仰せになりました。

「われわれは今、天安河原《あめのやすのかわら》に集まって真剣な協議をしており、その目的は、天照大御神《あまてらすおおみかみ》様の〈天岩屋戸《あまのいわやと》お籠《こも》りに伴う高天原《たかまのはら》はいかにあるべきか〉をしっかり考え、自覚することでありました。

ここで今、私は皆さまと共に、天照大御神様のお籠りのお諭《さと》しに導かれて、実現してきたことの数々を反省したいと思います。

第一に、高天原の中心は〈ひのかみ〉である天照大御神様であらせられることを反省して、〝ひ〟を慕《した》いて止まぬ《とこよのながなきどり》を集めました。

第二に、如何《いか》なる場合にも、決して〈ひのかみ〉をお忘れすることのないように《かがみ》をお作りいたしました。

第三に、〈ひのかみ〉のひかりを永遠に実現して止まぬ使命をお持ちの〈ひのみこ〉のご存在と、その〈ひのみこ〉への永遠の〈まつろい〉（奉仕）をお誓いするために《珠《たま》》をお作りいたしました。

ここにおいて、われわれはいま改めて、高天原は如何にあるべきか〈ひのくに〉は如何にあるべきかについて、反省すべき段階に入ったと思うのであります。

そこで、思いに思いを重ねた結果、私は《いほつまさかき》（五百津真賢木）を作り、それを象徴として〈ひのくに〉の全体としての正しい姿、正しい型を忘れない縁《よすが》にしたいと思うのです」

このご提案に対して、八百万神《やおよろずのかみ》は
「よいことを考えて下さいました。異議ありません」

と、お喜びになりましたが、続けて思兼神は仰せになりました。

「この五百津真賢木《いほつまさかき》を作る仕事は、非常に重大なことで、私としては思いの限りを尽くした結果の提案ですが、このことの可否について《うらへ》を執り行い、神意を問うことにしたいと思います。

〈基《もとい》を忘れるな〉〈全体を忘れるな〉と私の心が叫《さけ》んでおり、その叫びに導かれて五百津真賢木を作ることに気付きましたが、これを作ることは最後の仕上げですから、もしも失敗したら、天照大御神様は永遠に天岩屋戸からお出ましにならないかもしれません。

私は皆さまから仰せつかった役目にしたがって〝思い兼ね〟の限りを尽くしましたが、ここで、お祭を司ることを役目としている天児屋命《あめのこやねのみこと》と布刀玉命《ふとたまのみこと》のお二人に協力していただきたいと思います。

つまり、私の提案の可否について占合《うらえ》を執り行い、天照大御神様のお心に適うかどうか問いたいのです」

この提案に、八百万神がご賛成になったことは言うまでもありません。

□重大この上ない占合《うらえ》

このようにして、天児屋命《あめのこやねのみこと》と布刀玉命《ふとたまのみこと》は、八百万神のお心をお受けになって占合を執り行うことになりましたが、神意をお伺い申し上げる行事の占合に疎《おろそ》かなものがあるはずはありませんが、この場合は、重大この上もない占合ですから、天児屋命と布刀玉命は、謹《つつし》み畏《かしこ》んで執り行うことになりました。

さて、占合にはさまざまな方法がありますが、この場合には『鹿卜《しかうら》』を執り行うことになり、これに用いる鹿の骨は天《あめ》の香山《かぐやま》に住む男鹿の肩骨を準備して、この骨を灼《や》くのに用いる薪《まき》は、同じ天の香山にある天波波迦《あめのははか》という木を準備しました。

こうして、すっかり準備が整って、天児屋命と布刀玉命は、八百万神の真剣な見守りのもとに、最も荘厳《そうごん》で神聖な占合を執り行った結果

「五百津真賢木を立てる行事を執り行ってよろしい」

という神意が現われて、八百万神は

「おお、おお……」

と仰せになって、お光りを輝かせてお喜びになりました。

あとがき

□神意を問う

先《ま》ず《うらへ》（占合）という言葉は、〈うらう〉という動詞が名詞になったもので、〈うらう〉は〝うら〟を行なうという意味で、〝うら〟という言葉は物事の奥にあるものを現わします。

つまり、物事の表に対する裏、物事の裏に含まれている意味ということになって、さらに〈神のお心〉という意味になり、こうして〝うら〟という言葉が神意を知るために行う方法を意味することにもなり、〈占卜〉という文字を当てたのであります。

そして、この〝うら〟（占卜）を行なうことを〈うらう〉と言い、これが名詞となって《うらへ》となり、さらに〈うらない〉〈としうら〉〈あしうら〉〈ゆめうら〉などの言葉も生まれてきたのであります。

以上でお解りにように、占合は『古事記』においては神意を問うことですから、極めて神聖な行事で、〝神〟の存在を信じる者にとって、重大事を決行するときには、どんな形にしろ、必ず実行しなければならないことです。現代は〈占い〉とか〈夢うら〉とか言って、迷信的な行事として考えられていますが、これで良いのかどうか疑問であります。

□ 結果を確かめる

次に、私たちが生活をしていく場合、すらすらと慣習的に事を運んでいるうちは占合などする必要はありませんが、習慣的に事を運ぶことができなくて、思慮分別《しりょふんべつ》で、一応こうしたらよいという方法が浮かんでも、事柄が重大であるときには、その方法を実行できない場合があって、このよう

な時には

「人事を尽くして天命を待つ」

という気持ちが現われてまいります。

要するに、思慮分別だけでは事を決しかねる場合があって、しかし、どうしても事を決しなければならない場合、この占合の必要が生じるのではないでしょうか。

もう一つ、尽くされた思慮分別の結果を確かめる手段として、さらには、決定された方法を遂行する気持ちと手続きに慎重を期すために占合が行われる場合もあると思います。

また、占合を行うのに、思慮分別を尽くさないで、つまり、思い兼ねることをしないで占合を行うならば、それは考えることを面倒がって逃げたのであって、正しい占合ではなくて、心の病的状態から起こったと申してよろしいのであります。

あるいは、これとは逆に
「何事も全て人間の思慮分別で決し得ることばかりである」

と考えている人があるならば、そういうのは思慮の浅い人と言わなければなりません。

実際に、現代の人間生活というのは、学問や科学では計り知れない広い範囲、われわれの思慮分別だけでは理解のつかぬことがあって、それでも事を決しなければならない場合には
「腹（肚）でやる」

「度胸で決する」

など言っておりますが、われわれの祖先は、それを占合で決める方法を知っておりまして、これは決して迷信などではなくて、賢明なことでありました。

むしろ、限定性と暫定性《ざんてい》のある人智《じんち》をもって万能であるかの如《ごと》く誤認し

て、何事も合理的にのみ決定されるべきものと考えている多くの現代人のほうが、遥《はる》かに大きな迷信に陥っていると言ってよいでしょう。

したがって、現代科学の第一線に立ち、その研究に従事している学者であるならば、必ずその人なりの何らかの占合の心境に到達しておりまして、それによって研究の道を切り開いており、つまり、真の科学は真の宗教に通じ、科学者と宗教家は両立するのであります。

□現代人の悪癖《あくへき》

次に『鹿卜《しかうら》』について考えてみますと、現代人のわれわれは「鹿の骨を焼き、その焼け具合によって神意を知るなどできるだろうか」と疑念を持ちますが、これは信仰を離れ、宗教を離れて、狭《せま》い理知《りち》の世界に閉じ込められ、その世界から物事を判断しようとする現代人の悪癖《あくへき》から起こるのであります。

例えば、真剣な父親の顔の皺《しわ》の寄せ方一つからでも、息子は父親の気持ちを読み取りますし、あるいは、母親が出す声の震《ふる》えの中から、娘は母親の意志を読み取るのでして
「桐《きり》一葉落ちて天下の秋《あき》を知る」

ということも真理であります。

親鸞《しんらん》は『南無阿弥陀仏《なむあみだぶつ》』という名号《みょうごう》の中から、仏の心を読む道を伝え、日蓮《にちれん》は『南無妙法蓮華経《なむみょうほうれんげきょう》』というお題目《だいもく》の中に、鎮護国家衆生済度《ちんごこっかしゅじょうさいど》の妙法を発見しました。

われわれの祖先が、天安河原《あめのやすのかわら》に神集《かむつど》いして思兼神をして思い兼ねさせ、祀《まつ》りの神が真心を尽くして行う占合の行事で、鹿の骨の焼け具合の上に神の御心を読み取ったとしても、何ら不思議はありません。

佐藤一斎《いっさい》が『言志録《げんしろく》』の中で

「心の邪正《じゃせい》も気の強弱も、筆画《ひっかく》之を掩《おほ》ふこと能《あた》はず。喜怒哀懼《きどあいく》、勤惰静躁《きんだせいそう》に至りても、亦《また》皆諸《これ》を字に形《あら》はす。一日の内自ら数字を書し、以《もっ》て反観《はんかん》せば、亦省心の一助ならむ」

と言っておりますが、これは

「毎日、文字を少しずつ書いて、正しい占いをせよ」

という意味であります。

□ 学問の根本は信仰

次に、思兼神はなぜ占合をご提案になったのでしょうか。

また、思兼神が《いほつまさかき》を立てる行事を、ご自分の考えだけで決めないで、天児屋命《あめのこやねのみこと》と布刀玉命《ふとたまのみこと》のお二人に占合を執り行わせたということの中には、いろいろなお諭しが含まれていると思います。

思兼神を学問の神さまと考え、天児屋命《あめのこやねのみこと》と布刀玉命《ふとたまのみこと》を神事を執り行う神さまと考えると
「学問の根本は信仰である」

ということを示しているのが、ここのところに含まれているお諭しで、真の科学と真の信仰は矛盾するものではなく、その根本は同じところから出ていることを示しております。

さらにまた、思兼神のお仕事の範囲が、現代で申します政治の根本義を発揚《はつよう》することにまで及ぶと考えますと、ここの占合のお諭しの中には、祭政一致ということも含まれていると思います。

また、五百津真賢木《いほつまさかき》に鏡《かがみ》と珠《たま》と丹手《にぎて》を掛けた姿は、日本の国体の根本義を現わしており、この点からすると、思兼神と天児屋命《あめのこやねのみこと》と布刀玉命《ふとたまのみこと》が、この五百津真賢木《いほつまさかき》を立てることに協力なさっているのは、日本の国体は学問的にも科学的にも宗教的にも、十分研究に耐えるものであるから、しっ

かり研究しなければならないことを現わしているのであります。

□占合の内容

次に占合の内容が何であったのかについては、『古事記』をお読みになれば解りますが

「天児屋命《あめのこやねのみこと》と布刀《ふと》玉命《たまのみこと》を召びて……占合まかなはしめて、天《あめ》の香山《かぐやま》の五百津真賢木《いほつまさかき》を根こじにこじて」

とだけ書いてあって、占合によって何を問うたのか、はっきりしないのであります。

また『古事記』の文章を読んでみると

「天の香山の五百津真賢木《いほつまさかき》を根こじにこじて、上枝《ほつえ》に八尺勾璁之五百津《やさかのまがたまのいほつ》之御須麻流之珠《のみすまるのたま》を取り著《つ》け、中枝《なかつえ》に八尺鏡《やたのかがみ》を取り繋《か》け、下枝《しづえ》に白和幣《しらにぎて》、

青和幣《あおにぎて》を取り垂《し》でて」

までのようにも考えられますし、あるいは、天児屋命《あめのこやねのみこと》や布刀玉命《ふとたまのみこと》や天手力男命《あめのたぢからおのみこと》や天宇受賣命《あめのうずめのみこと》たちがあそばしたことまでの全部を、占合の内容としてお伺いしたようにも考えられるのであります。

第七章　いほつまさかき

原文

天香山之五百津眞賢木矣、根許士爾許士而、於上枝、取著八尺勾璁之五百箇之御須麻流之玉、於中枝、取繫八尺鏡、於下枝、取垂白丹手、青丹手而、此種種物者、布刀玉命、布刀御幣登取持而、天兒屋命、布刀詔戸言祷白而

書き下し文

天《あめ》の香山《かぐやま》の五百津《いほつ》真賢木《まさかき》を根《ね》こじにこじて、上枝《ほつえ》に八尺勾玉之五百箇《やさかのまがたまのいほつ》之美須麻流之珠《のみすまるのたま》を取り著《つ》け、中枝《なかつえ》に八尺鏡《やたのかがみ》を取り繫《か》け、下枝《しづえ》に白和弊《しらにぎて》、

青和弊《あおにぎて》を取り垂《し》でて、この種種《くさぐさ》の物は、布刀玉命《ふとたまのみこと》、太御幣《ふとみてぐら》と取り持ちて、
天兒屋命《あめのこやねのみこと》、太詔戸《ふとのりと》言寿《ことほ》ぎ白《まお》して

まえがき

《いほつまさかき》は、『古事記』の原典には漢字で〈五百津真賢木〉と書いてあり、『日本書紀』には〈真坂樹〉と書いてありますが、語義は「たくさんの枝が生い茂っている〝さかき〟という樹木」という意味であります。

本　文

□ 完全に帰一融合

さて、八百万神《やおよろずのかみ》の見守りのもと、天児屋命《あめのこやねのみこと》と布刀玉命《ふとたまのみこと》が厳《おごそ》かに行なった占合《うらえ》の結果、五百津真賢木《いほつまさかき》を立てることになりましたが、これは神の国の姿を表現するものですから、厳選しなければなりません。

そこで、天《あめ》の香山《かぐやま》から掘り出すことになって、少しも損なわれずに、美《み》事《ごと》に整った一本の賢木《さかき》が選ばれ、根が付いたままの完全な姿で掘り起こし、麗《うるわ》しく浄《きよ》められて、天岩屋戸《あまのいわやと》の前に運ばれました。

八百万神は、その周りに集まり、口を揃《そろ》えて

「おお、美事な賢木《さかき》だ」

こう言って、感嘆《かんたん》されました。

〈いのち〉のあるこの一本の賢木は、よく見ると、天之御中主神《あめのみなかぬしのかみ》のお姿を現わして光り輝いており、また、伊邪那岐命《いざなぎのみこと》と伊邪那美命《いざなみのみこと》のご一体としての姿を現わし、さらに〈ひのかみ〉としての天照大御神《あまてらすおおみかみ》のお姿も現わしておりました。

こうして、天岩屋戸の前に立てられた五百津真賢木《いほつまさかき》の中の枝に、天照大御神のお姿になぞらえてお作りしたお鏡が懸《か》けられ、上の枝に〈ひのみこ〉になぞらえてお作りした八尺勾玉之五百津之美須麻流之珠《やさかのまがたまのいほつのみすまるのたま》が懸けられ、下の枝に八百万神のお仕事を現わす白和幣《しらにぎて》、青和幣《あおにぎて》が懸けられました。

こうして、神の国の三大要素である〈ひのかみ〉と〈ひのみこ〉と〈やおよろずのかみ〉が、完全に帰一融合《きいつゆうごう》している有り様を、五百津真賢木《いほつまさかき》をもって現わすことができたのであります。

□ 五百津真賢木《いほつまさかき》こそ

次に、天岩屋戸の前での行事は、どんな順序で運ばれたのでしょうか。布刀玉命《ふとたまのみこと》は、神に対する物の奉納《ほうのう》を司る役目をお持ちになっていますから、須佐之男命《すさのおのみこと》の《かちさび》を見畏《みかしこ》まれて、天岩屋戸にお籠《こも》りになっている天照大御神に、最も美事な物をお供えして、いかにお慰《なぐさ》めすべきかに苦心惨憺《くしんさんたん》されました。

このように心を砕かれた布刀玉命《ふとたまのみこと》は、八百万神の真心の結晶として出来上がった五百津真賢木《いほつまさかき》をご覧になって

「この五百津真賢木《いほつまさかき》こそ、自分が探し求めておった美事なお供物《くもつ》である。これによって自分の受持ちを果たすことができる」

こう言って、お喜びになり、八百万神のお見守りのもとに

「天照大御神様のお籠りというお諭しによって、〈私のお供え申し上げるべきものは何か〉を真剣に考えてまいりましたが、幸いこの五百津真賢木《いほつまさかき》

というお供えするに値するものが出来ましたので、慎《つつし》んでお捧げいたします」

と仰せになって、五百津真賢木《いほつまさかき》をお供えになりました。

□声高らかに奉納

つぎに、天児屋命《あめのこやねのみこと》がご自分の受持ちを実行されることになりました。天児屋命《あめのこやねのみこと》はお祭りを司られる神さまで、主として〈のりと〉（詔戸言、諄辞、祝詞）をお唱えすることを受持ちとしておられましたので、天照大御神のお籠りという重大事が起こってから、如何《いか》にして自分の受持ちを果たすべきかについて

「どんな内容を言葉に現わして申し上げたら、天照大御神様が天岩屋戸からお出まし下さるか」

と、真剣に考えておられました。

天児屋命《あめのこやねのみこと》がこのように思い巡らせておられるとき、八百万神の清明心（あかきこころ）の結晶として五百津真賢木《いほつまさかき》が天岩屋戸の前に立てられ、八百万神が本来の面目《めんもく》に立ち返られたことを明らかにしましたので、天児《あめのこ》屋命《やねのみこと》はこれをご覧になって

「そうだ。この五百津真賢木《いほつまさかき》が示している事実と、今後の事柄について、声高らかにありのまま申し上げよう」

と、ご決心になりました。

□三者奉掲のお諭し

さて『古事記』神代の巻は、天之御中主神から始まって、神生み、国生みと、順を追って物語が展開し、ここ高天原《たかまのはら》の最後の段階は、総決算を示

す天照大御神のお籠りですから、天岩屋戸からお出まし願うために作られた五百津真賢木《いほつまさかき》の姿は、高天原における最後の結論を示すものでなければなりません。

そこで、ここで示されているお諭しについて、項目別に順々に申し上げることにいたします。

先《ま》ず、五百津真賢木《いほつまさかき》に珠と鏡と丹寸手《にぎて》（和幣）を懸けた姿は、高天原の理想を現わすと同時に、日本という国の根本組織を示しているので、これは《三者奉掲のお諭し》として味わうべきだと思います。

筧克彦《かけいかつひこ》先生の和歌に

五百津枝《いほつえ》の　参上りゆく　真栄木《まさかき》に
懐しみ見る　国の姿を

というのがあります。

明治天皇さまは

わが国は　神のすゑなり　神まつる
　昔の手ぶり　忘るなよゆめ
あまてらす　神の御光　ありてこそ
　わが日のもとは　くもらざりけれ

とお詠《よ》みあそばしております。

西行《さいぎょう》法師は

何ごとの　おわしますかは　知らねども
　かたじけなさに　涙こぼるる

と謳《うた》い、橘《たちばなの》曙覧《あけみ》は

おわします　辱《かたじけな》さを　何事も
　知りてはいとゞ　涙こぼるる

と謳い、本居宣長《もとおりのりなが》先生は

しきしまの　やまとごゝろを　人問はゞ

朝日に匂う　山桜花

と謳われております。

□三界の円満具足《えんまんぐそく》

実際に、天岩屋戸の前に立てられた五百津真賢木《いほつまさかき》に、珠と鏡と丹寸手《にぎて》（和幣）を懸けた姿は、高天原、現《うつ》し国、黄泉国《よみのくに》、三界の円満具足《えんまんぐそく》とも言うべき、調和の姿を現わしております。

そして、三界の円満具足のお諭しを現代的に申しますと

「われわれは信仰と理想を持たなければならないが、それは空理空論ではなくて、物の上に具体的に実現しなければならない。真の宗教と真の科学は一致すべきものである」

ということが諭されております。

言い換えれば
「精神生活と経済生活とは一致協調せねばならぬ」
ということで、つまり〈精神的に傾いてもならず、物質的に傾いてもならず、中庸《ちゅうよう》を取るべきである〉ということが示されていると思います。

□『三種の神宝』

また、五百津真賢木《いほつまさかき》の枝に珠と鏡と丹寸手《にぎて》を懸けた姿は『三種の神宝』を現わしております。

天孫《てんそん》であられる天津日子番能邇邇芸命《あまつひこほのににぎのみこと》のご降臨《こうりん》に際して、天照大御神より賜《たまわ》られたのが、普通に『三種の神器』と言うところの『三種の神宝』(鏡と珠と剣)ですが、この『三種の神宝』のお光を、天岩屋戸の前に立てた五百津真賢木《いほつまさかき》に拝することができるのであります。

つまり、上枝に懸けた八尺勾玉之五百津之美須麻流之珠《やさかのまがたまのいほつのみすまるのたま》からは天孫降臨のときの神珠のお光が拝され、中枝に懸けた鏡からは天照大御神の〈ひのかみ〉としてのお光が拝され、下枝に懸けた丹寸手《にぎて》（和幣）の中からは神剣のお光を仰ぐことができるのであります。

ただ〈下枝に懸けた丹寸手《にぎて》の中からは神剣のお光を仰ぐことができる〉という点については異論の出るところですが、『日本書紀』には、丹寸手《にぎて》の代わりに剣が掲げてあり、この神剣については《やまたのおろち》のところで、詳しく申し上げます。

いずれにしても、この『三種の神宝』は日本国体の根本原理を現わす神宝であると同時に国宝でもあって、これを三者奉掲の五百津真賢木《いほつまさかき》に拝することができるのは有難い極みであります。

□ 奇御魂《くしみたま》と幸御魂《さきみたま》

次に、奇御魂《くしみたま》、幸御魂《さきみたま》というのは、荒御魂《あらみたま》の活動を二つの面に分けた名称で、荒御魂の活動には、統一的方面と発展的方面、言い換えれば、帰一《きいつ》的方面と分化的方面、また、保守的方面と前進的方面、さらには、主体的方面と客体的方面があります。

要するに、一つの精神活動の中には、互いに相反するように見える二面があって、この場合、統一的、帰一的、保守的、主体的に働いている荒御魂の状態を奇御魂と言い、発展的、分化的、前進的、客体的に働いている荒御魂の状態を幸御魂と言っております。

また、〝くし〟に〝奇〟、〝さき〟に〝幸〟という文字を当てますが、〝くし〟は物を統一する作用を現わす言葉であり、〝さき〟は物を分裂、前進させる作用を現わす言葉であります。

このように、奇御魂、幸御魂というのは、荒御魂の作用に名付けたものですが、その実態は和御魂《にぎみたま》であります。

そこで、三者奉掲の五百津真賢木《いほつまさかき》の示している姿を、一つの魂として考えますと、五百津真賢木《いほつまさかき》は和御魂を示しており、お鏡は和御魂が純粋な和御魂の形として表面に現われ出たところ、神珠は奇御魂を示しており、丹寸手《にぎて》は幸御魂を示しておるのであります。

□維新の原理

さらには、五百津真賢木《いほつまさかき》の枝に珠と鏡と丹寸手《にぎて》を懸けた姿の中には、日本における維新の原理を示しております。

ここで〝維新〟というのは、大化改新、明治維新などであって、そういう意味で維新ということを考えますと、その原理が、この三者奉掲の五百津真賢木《いほつまさかき》の姿に示されていると思います。

そして〝維新〟というのは、現在の行き詰まった状態に気付いて、それを打破することで、これは革新や革命とは異なって、根本的に〈いのち〉を改めることではなく、根本の〈いのち〉の力が強くなって、現在の行き詰まった状態が改まることであります。

したがって、維新ということには

①現状の打開

②根本に帰る

③根本から出る力によって新しい状態が出来る

という、三つの要素が含まれていて、日本の歴史上の維新の場合、全てこの三要素が備わっており、必ず〝復古〟が叫ばれるのは

「昔に帰れ」

という意味ではなくて、昔も今も永遠にあるところの〈国体明徴《こくたいめいちょう》〉という建国原理を明らかにする事柄が、維新には必ず含まれているからであ

ります。

　このような〝維新〟の手本を『古事記』の神代巻に求めますと、天照大御神の〈天岩屋戸お籠り〉から〈天岩屋戸い出まし〉に至るところで、この中に維新の行われる必須条件を明示しているのが、三者奉掲の五百津真《いほつま》賢木《さかき》であります。

あとがき

□ただの木ではない

先《ま》ず、八百万神《やおよろずのかみ》が天岩屋戸《あまのいわやと》の前に五百津真賢木《いほつまさかき》を立てたのは、どんな意味のあることなのかについて申し上げます。

五百津真賢木《いほつまさかき》というのは、言葉から推察して樹木であることは明瞭《めいりょう》ですが、どんな樹木であるか、はっきり決めることはできません。

「当時〝さかき〟という樹木があったか無かったか」

について議論する人がいますが、それは末節《まっせつ》の問題で、神典を味わう上で大切なことは

「われわれの祖先が、この物語にどんな意味を込めていたか」

ということや

「いったいなぜ、天《あめ》の香山《かぐやま》の五百津真賢木《いほつまさかき》を掘り起こし、天岩屋戸の前に立て、鏡と珠と丹寸手《にぎて》を懸けたのか」

ということであります。

例えば『古事記』の原典には〝五百津真賢木《いほつまさかき》〟とあり、『日本書紀』には〝五百箇真坂樹〟とあり、一書には〝真坂木〟とあり、単に〝賢木〟と書いてあるものもあります。

このように、言い現わし方にも、文字の当て方にも、いろいろあって、

これらを心読、体読しますと、〈さかき〉はただの木ではなくて、深いお諭《さと》しが籠《こも》っていることが解ります。

□不可思議な大宇宙

次に、五百津真賢木《いほつまさかき》のお諭しを徹底的に味わうために、われわれの先祖が考えた〝三界〟について説明いたします。

まず最初に、われわれの祖先は、この不可思議な大宇宙を、天地（あめつち）という言葉で表現して、これを

▽高天原《たかまのはら》

▽現《うつ》し国（葦原中国《あしはらのなかつくに》、海原《うなばら》とも言う）

▽根の国（夜見国《よみのくに》、黄泉国《よみのくに》、底の国とも言う）

の三つに分けて考えました。

一つ目の高天原というのは、この不可思議な大宇宙（天地）を一つの組織体として見ると、これを組織し統一する力（ひかり）の在り場所を言っているわけです。

あるいは、この不可思議な大宇宙（天地）を生成発展して止まぬ一大生命体と見なすときには、その原動力である〈ひかり〉としての〈いのち〉を中心として働いている世界を高天原と言い、したがって、高天原というのは心眼（哲理）によって見なければ見ることのできない〈ひかり〉の世界であります。

要するに、存在することは明らかだけれども、曰《いわ》く説明し難《がた》い存在であり、しかも、あらゆるものを受け入れて、自らはその姿を現わさない存在が、想像力、組織力としての〈ひかり〉であり、われわれの祖先は、この〈ひかり〉を〝神〟と考えたのであります。

また、このような神の存在を確認して、日夜、身近に拝《おが》んできたのがわれわれの祖先で、この考え方と生き方は、人間にとって絶対に必要なことで、この神がお出になるところが高天原であります。

このように大宇宙（天地）を観て、高天原という考え方が生まれたとすれば、これに対立する存在が考えられるのは当然で、この天地を永遠の生命体の如《ごと》きものと考え、その組織力であり生成力である〈ひかり〉の存在に気付くならば、天地の中には〈ひかり〉と共に、この〈ひかり〉によって組織された〝材料〟の存在に気付かなければなりません。

われわれの祖先は、このことをはっきりと知って、この大宇宙（天地）の中で、材料の在るところを根の国、黄泉の国、底の国というように、土地（つち）の中に種々のものが出来る積極的材料の多い事実に気付いたのでありましょう。

実際に、この世の中に存在するものを眺めますと、自然の存在物としても、人為《じんい》の存在物にしても、その材料を土地から仰いでいないものは、一物として存在いたしません。

□ 大宇宙の三界

このように、組織力として活動する生成力と、組織され生成される材料の存在を認めるならば、ここに組織力と材料が合体して出来ている現実があって、この現実の形の上に現われ出ている世界を、われわれの祖先は現し国（葦原中国）と呼んだのであります。

このようにして、われわれの祖先は

▽宇宙生成の根本原理が見えるところを高天原

▽何物も見えぬ無秩序《むちつじょ》な存在物の在るところを根の国

▽高天原において確立された理想を根の国の材料の上に実現して、永久に止まることなく生成発展していくところを現し国（葦原中国）

と考えたのであります。

難しい理屈は言わないで、三つの世界の存在を信じ、永遠に不可思議な大空を仰いで、そこに宇宙生成の根源力（いのち）を認め、永遠の謎である大地（つち）を見つめて、そこに万物を生み出す母の如《ごと》き力に感嘆《かんたん》し、この不可思議な天（あめ）の生成の根源力と、不可思議な土（つち）の結び付いたところに、無限に進展して止まぬ現実の世界を認めたわれわれの祖先の、物の感じ方と、考え方と、言い現わし方には、味わい尽くし難い深さと気品が備わっております。

第八章　やまたのおろち

原文

故、所避追而、降出雲國之肥河上、名鳥髪地。此時箸従其河流下。於是須佐之男命、以為人有其河上而、尋覓上往者、老夫與老女二人在而、童女置中泣。爾問賜之汝等者誰。故、其老夫答言、僕者國神、大山津見神之子焉。僕名謂足名椎、妻名謂手名椎、女名謂櫛名田比賣。亦問汝哭由者何、答白言、我之女者、自本在八稚女。是高志之八俣遠呂智、毎年来喫。今其可来時。故泣。爾問其形如何、答白、彼目如赤加賀智而、身一有八頭八尾。亦其身生蘿及檜榲、其長度谿八谷峡八尾而、見其腹者、悉常血爛也（此謂赤加賀知者今酸醤者也）

爾速須佐之男命、詔其老夫、是汝之女者、奉於吾哉、答白恐亦不覚御名。爾答詔、吾者天照大御神之伊呂勢者也。故今、自天降坐也。爾足名椎手名椎神、白然坐者恐。立奉。爾速須佐之男命、乃於湯津爪櫛取成其童女而、刺御美豆良、告其足名椎手名椎神、汝等、釀八鹽折酒、亦作廻垣、於其垣作八門、毎門結八佐受岐、毎其佐受岐置酒船而、毎船盛其八鹽折酒而待。故、随告而如此設備待之時、其八俣遠呂智、信如言来。乃毎船垂入己頭飲其酒。於是飲酔留伏寢。爾速須佐之男命、抜其所御佩之十拳剣、切散其蛇者、肥河変血而流。故、切其中尾時、御刀之刃毀。爾思怪以御刀之前、刺割而見者、在都牟刈之大刀。故、取此大刀、思異物而、白上於天照大御神也。是者草那藝之大刀也。

書き下し文

故《かれ》、避追《やら》はえて、出雲国《いずものくに》の肥《ひ》の河上《かはかみ》、名は鳥髪《とりかみ》という地《ところ》に降《くだ》りたまひき。

この時箸《はし》その河より流れ下《くだ》りき。ここに須佐之男命《すさのおのみこと》、人その河上にありと以為《おも》ほして、尋《たず》ね覓《もと》めて上《のぼ》り往《ゆ》きたまへば、老夫《おきな》と老女《おみな》と二人ありて、童女《をとめ》を中に置きて泣けり。ここに「汝等《なれども》は誰ぞ」と問ひたまひき。故《かれ》、その老夫《おきな》答へ言《まお》ししく、「僕《あれ》は國《くに》つ神、大山津見神《おおやまつみのかみ》の子ぞ。僕《あ》が名は足名椎《あしなづち》と謂《い》ひ、妻《ろ》の名は手名椎《てなづち》と謂ひ、女《むすめ》の名は櫛名田比賣《くしなだひめ》と謂《い》ふ」とまおしき。また「汝《な》が哭《な》く由《ゆえ》は何ぞ」と問ひたまへば、答へ白《まお》ししく、「我が女《むすめ》は、本《もと》より八稚女《やをとめ》ありしを、この高志《こし》の八俣《やまた》の大蛇《おろち》、年毎《としごと》に来て喫《くら》へり。今ぞが来《く》べき時なり。故《かれ》、泣く」とまをしき。ここに「その形は如何《いかに》」と問ひたまへば、答へ白《まお》ししく、「その目は赤《あか》かがちの如《ごと》して、身一つに八頭《やがしら》八尾《お》あり。またその身に蘿《こけ》と檜榲《ひすぎ》と生ひ、その長《たけ》は谿八谷峡八尾《たにやたにをやお》に度《わた》りて、その腹を見れば、悉に常に血《ち》爛《だ》れつ」とまおしき。（ここに赤かがちと謂へるは、今の酸醤《ほおずき》なり）

ここに速須佐之男命、その老夫《おきな》に詔りたまひしく、「この汝《な》が女《むすめ》をば、吾《あれ》に奉らむや」と詔りたまひしに、「恐《かしこ》けれども御名を覚《し》らず」と答へ白しき。ここに答へ詔りたまひしく、「吾《あ》は天照大御神《あまてらすおおみかみ》の同母弟《いろせ》なり。故《かれ》今天《あめ》より降りましつ」と詔りたまひき。ここに足名椎手名椎神《あしなづちてなづちのかみ》、「然《しか》まさば恐《かしこ》し、立奉《たてまつ》らむ」と白しき。

ここに速須佐之男命、すなはち湯津爪櫛《ゆつつまくし》にその童女《をとめ》を取り成《な》して、御角《みみ》髪《づら》に刺《さ》して、その足名椎手名椎神に告《の》りたまひしく、「汝等《なれども》は、八塩折《やしおをり》の酒を醸《か》み、また垣《かき》を作り廻《もとほ》し、その垣に八門《やかど》を作り、門毎に八桟敷《やさずき》を結《ゆ》ひ、その桟敷毎《さずきごと》に酒船《さかぶね》を置きて、船毎にその八塩折《やしおをり》の酒を盛《も》りて待ちてよ」とのりたまひき。故《かれ》、告りたまひし随《まま》に、かく設《ま》け備へて待ちし時、その八《や》俣大蛇《またのおろち》、信《まこと》に言ひしが如来《ごとき》つ。すなわち毎船に己《おの》が頭《かしら》を垂《た》入れて、その酒を飲みき。ここに飲み酔《え》ひて留《とど》まり伏し寝き。ここに速須佐之男命、その御佩《はか》せる十拳剱《とつかつるぎ》を抜きて、その蛇《をろち》を切り散《はふ》りたまひしかば、肥河《ひのかわ》血に変《な》りて流れき。故《かれ》、その中の尾を切りたまひし時、御刀《みはかし》の刃毀《はか》けき。ここに怪しと思ほして、御刀の前《さき》もちて刺し割《さ》き見たまへば、都牟刈《つむがり》の大刀《たち》ありき。故《かれ》、この大刀を取りて、異《あや》しき物と思ほして、天照大御神に白し上げたまひき。これは草薙《くさなぎ》の大刀なり。

まえがき

《やまたのをろち》は、『古事記』の原典には〈八俣遠呂智〉という文字が当ててあり、『日本書紀』には〈八俣大蛇〉という文字が当ててあって、この段落は須佐之男命《すさのおのみこと》の〝八俣大蛇退治〟として、一般に広く知られていますが、必ずしも真意が説かれてはおりません。

また、たいへん有名な箇所であるだけに、いい加減な解釈が多いのですが、本当は『三種の神器』の中の神剣（草薙《くさなぎ》の剣《つるぎ》）の由来が説かれている大切な段落であります。

本　文

□〝神やらひ〟の厳罰

さて、須佐之男命《すさのおのみこと》は高天原《たかまのはら》において、天照大御神《あまてらすおおみかみ》の〈おひかり〉のもとご修行をお遂げになり、本来の自分の使命と受持ちに対する明確な自覚を得られたので、高天原を辞去することになりましたが、めでたく辞去するわけにはいきませんでした。

自身の真剣な修行のためであったにしても、それによって引き起こされた八百万神《やおよろずのかみ》との搗《か》ち合い、さらには〈天照大御神の天岩屋戸《あまのいわやと》お籠《こも》り〉という大事件の責任は、お引受けにならなければなりません。

それで〝神やらひ〟の厳罰《げんばつ》を納得の上でお受けになったのですから、須佐之男命のお気持ちは澄《す》み渡る大空のように晴れやかで、満ち溢《あふ》れた元気で高天原から葦原中国《あしはらのなかつくに》に降りてまいりました。

しかし、この天下《あまくだ》りの有り様を、高天原や神さまのことの解らぬ人から考えると、あるいは、物事の表面だけを見聞きすると、須佐之男命は厳罰を与えられ、高天原から追放されたように思われます。

しかし、事の真意を味わってみますと、決してそうではなく、穏やかに華やかに送り出される以上に、内心は一大歓喜に満ち溢れてこの天下りは行われ、天照大御神はご安心と今後のご期待とに光り輝かれてお見送りになったのであります。

□自分の使命を自覚

こうして、葦原中国に天下られた須佐之男命は、しみじみと周囲をご覧になって、思わず

「おお！」

と、感嘆《かんたん》の声をお出しになりました。

同じ葦原中国であっても、《まいのぼり》前に見た葦原中国と、いま天下って見た葦原中国とは、まるで別物と考えられるほどに、全てが違うことに、お気付きになりました。

《まいのぼり》前の須佐之男命は、葦原中国の何を見ても気に入らなくて、山も河も、草も木も、動物も、石も土も、みんな気に入らなくて、何もかも、触れる限りのものを、手当たり次第に苛《いじ》め散らしたり、破壊し尽くしたりして

「青山は枯山如《からやまごと》く泣き枯らし、河海は悉《ことごと》に泣き乾《ほ》しき」

という有り様でした。

ところが、こんど高天原から天下って見ると、山も河も、草も木も、動物も、石も土も、見るもの、聞くもの、触れるもの、その悉くが懐かしい感じがするので、須佐之男命はびっくりあそばしました。

その須佐之男命が無量の感慨《かんがい》に耽《ふけ》り歩かれると、自分が《まいのぼり》前にあそばした乱暴の行為の跡《あと》が、あちらにもこちらにも残っているのをご覧になって、心をお痛めになりました。

叩《たた》き折《お》った大木の朽ち果てた姿をご覧になって、何という可哀想《かわいそう》なことをしたことであろうかとお思いになり、蹴散《けち》らした野原の跡をご覧になって、田にも畑にもなるところを何という情けない乱暴狼藉《ろうぜき》を働いたものであろうかと、我ながら驚かれ、あるいは、猪《いのしし》や雉子《きじ》の死骸《しがい》をご覧になり、なぜこういう鳥や獣を可愛がることができなかったのかと、不思議なくらいのお気持ちになって

「ああ《まいのぼり》前の自分は、何という愚《おろ》か者であったか」

と、昔のご自分の姿を悔《く》やまれると同時に、今のご自分の幸福をしみじみと味わって

「心の持ち方一つで、世の中がこのように変わるのか」

とお思いになり、伊邪那岐命《いざなぎのみこと》と天照大御神のお蔭《かげ》を、しみじみと有難くお感じになりました。

そして、伊邪那岐命から

「汝命《いましみこと》は、海原を知らせ」

という事依《ことよ》さしによって、お引受けになったご自分の受持ちの貴さが、生き生きとお解りになりました。

また、高天原におけるご修行の結果、その受持ちをやり遂げようという強い気持ちと、それをやり遂げるに必要な手段・方法を充分に体得していることを、明らかに自覚されました。

このときの須佐之男命のお気持ちは

「こうして、現し国に天下って来てみると、国創りの基《もとい》を開くという自分の使命は、実に貴い仕事であることがはっきり解って嬉しい。しかし、自分は伊邪那岐命様との約束にしたがって、伊邪那美命様のいらっしゃる根の国に行かなければならないので、永遠にこの葦原中国に居ることはできない。せっかく今のような心境でいるのに、このまま何もしないで根の国に行ってしまうのは、まことに残念である。せめて国つくりの基礎になる村つくり、家つくりの第一着手だけでもしっかりやっておきたい」

ということであったと思われます。

須佐之男命は、このようなお気持ちで、現し国のあちこちをお歩きになって、第一着手の場所をお探しになっておられました。

□流れ来た箸《はし》

そんな或日《あるひ》、須佐之男命は出雲国の肥《ひ》の河《かわ》の辺《ほとり》にお出でになり、河上にある鳥髪《とりかみ》という地で、河の端にお立ちになって、水面をじっとご覧になっていると、上流から拵《こしら》えたばかりの新しい箸《はし》が何本も流れてくるのが目に入りました。

須佐之男命はハッとお気付きになって、よくご覧になると、それは確かに人の使う箸だったので

「さてな、箸が流れてくるからには、この川上に人が住まっているに違いない。それにしても、拵えたばかりの新しい箸が何本も流れてくるということは、ただ事ではない」

とお思いになりました。

こうして、箸が流れてくるのをご覧になった須佐之男命は、川上に人が住まいしていることにお気付きになり、その人を求めて、肥《ひ》の河《かわ》をどんど

ん遡《さかのぼ》ってお出でになると、お爺さんとお婆さんの二人が、可愛らしい童女《むすめ》を真ん中に挟んで、抱き合って泣いておりました。
その様子をご覧になった須佐之男命は、《まいのぼり》前であれば
「何だ、わしが散歩しているところで泣いてなんかおって、不都合な奴どもだ」
こう言って、お叱《しか》りになるところでしょうが、今の須佐之男命はすっかり真心が出ていますから、三人が泣いている様子をご覧になって、深い同情心をお起こしになり
「あなた方は、何故、泣かれているのですか」
と、お訊《たず》ねになりました。
あまりの悲しさに、何もかも忘れて泣いておった三人は、突然に人が現われて、このように声を掛けられたのでびっくりしましたが、須佐之男命の親切そうなお顔を見て安堵《あんど》したのでしょう。

お爺さんが話しますのに

「あなたはどなたか存じませんが、私は国つ神の大山津見神《おおやまつみのかみ》の子で足名椎《あしなづち》と言い、この婆さんは妻の手名椎《てなづち》、童女は櫛名田比賣《くしなだひめ》と申します」

ということでありました。

それで、須佐之男命は

「由緒ある家柄の人たちですね。そのあなた方が、何故そのように泣いておられるのですか。差し支えなければ、私に話して聞かせて下さい」

と、仰せになりました。

□『八俣遠呂智』という大蛇

このようにお訊ねになる須佐之男命を、じっと見つめていた三人でしたが、お爺さんの足名椎が、次のようにお答えしました。

「実は、私ども夫婦には娘が八人おりましたが、近辺の高志《こし》というところに八俣遠呂智という大蛇が居て、毎年やって来ては、私どもの娘を一人ずつ食うのです。

私どもは、それを防ぐことが出来なくて、七人までが食われてしまい、ここにいる櫛名田比賣だけが残ったので、せめてこの娘だけは何とかして助けたいと思って、いろいろ工夫を凝《こ》らし、他の神さまにお願いもしましたが、未だに何の工夫もできません。

ところが、今度また、あの恐ろしい八俣遠呂智がやってきそうな様子なので、私どもは途方《とほう》に暮れて、こうして泣いているのです」

このお答えに対して、須佐之男命は

「それは、何とも慰《なぐさ》めようのないお気の毒なことですが、八俣遠呂智という大蛇は、いったいどんな格好をしているのですか」

と、お聞きになりました。

それに対して、お爺さんの足名椎は

「大きな声では申し上げられませんが、八俣遠呂智という大蛇は、実に恐ろしい姿をしていて、目は酸漿《ほおずき》のように真っ赤で、一目睨《にら》まれると、大抵《たいてい》の者は気絶するほどです。

一匹の蛇ですけれども、頭が八つ、尾が八つあって、身体には苔《こけ》が生えて、檜《ひのき》や杉の木が繁っており、長さは八つの峡谷《きょうこく》の尾根をぐるぐる巡るほどで、腹は爛《ただ》れて血が巡っております」

と、八俣遠呂智の姿を、詳しく説明しました。

須佐之男命は、この話に、唸《うな》ったり、目を大きく見開いたり瞑《つむ》ったりしながら、八俣遠呂智が居るという山の彼方《かなた》をご覧になって、じっと瞑想《めいそう》に耽《ふけ》っていましたが、聞き終わったところで

「なるほど。それでは、あなた方には退治できないですね」

こう言って、何か思い巡らせておいでになりました。

□ 須佐之男命の求婚

やがて、須佐之男命は何か堅くご決心になったと見えて
「お爺さん、お婆さん、その童女はあなた方の娘さんという話でしたが、私の妻として下さいませんか」
このように仰せになると、お爺さんとお婆さんは
「この娘をくれとおっしゃるあなた様は、いったい何者ですか。ご様子を拝見すると、立派な方であるように見えますが、お名前も知れないような方には、大切な娘を差し上げることはできません」
こう言って、童女をしっかりと抱き締めました。
須佐之男命は、その様子をご覧になって
「自分から名乗らないで、勝手なことを申し上げたのですから、無理のないお断りですが、実は、私は須佐之男命と申しまして、高天原におられる天照大御神様の弟です。

《まいのぼり》前の私は、八俣遠呂智の仲間みたいな者でしたが、お父上の伊邪那岐命にきつく叱られて目が覚め、高天原に《まいのぼり》をして、お姉上の天照大御神様のところで修行をして、再び葦原中国に天下ってきたところです」

と、お答えになりました。

足名椎と手名椎と櫛名田比賣の三人は、たいへん驚き、目を見開いて、須佐之男命をご覧になっていましたが、こもごもに

「これはたいへん失礼なことを申し上げました。あまりに八俣遠呂智のことを怖がっていたものですから、もしや八俣遠呂智が姿を変えて来たのかと、疑いの心が起こったのです。しかし、お話を承りまして、安心いたしました。

娘を妻として貰いたいとの仰せですが、あなた様に娘を差し上げることは、私ども夫婦としてはこの上ない喜びですし、娘にも異存のある筈《はず》はあ

りません。

しかし、この娘はいま八俣遠呂智に狙われていますから、あなた様に奉ったということになると、八俣遠呂智はきっと娘を横取りされたように思い、必ずあなた様に掛かっていくに違いありません。

私の娘のために、八俣遠呂智の災難があなた様に及んでいくことは、まことに相済まないことですから、娘をお召し下さることは、お止めになった方がよろしいと存じます」

と、誠心誠意を込めて申し上げました。

この申し開きをお聞きになった須佐之男命は

「あなた方の話はよく解りました。私も八俣遠呂智の様子を聞き、これは容易ならぬ強力な悪者であることを知りました。それに手出しをして戦うことは、たいへん危険なことだと思いました。

しかし、考えれば考えるほど、八俣遠呂智の不都合な奴であることに腹が立ち、あなた方のことが気の毒でたまらない気持ちになり、私は決死の覚悟で、悪逆無道な八俣遠呂智と戦う決心がつきました。

もしも、私が八俣遠呂智と戦って負ければ、あなた方も殺されるに違いありませんが、ありったけの知恵を搾《しぼ》って、命がけで戦えば勝てるかもしれませんし、いや、勝たなければなりません。

幸い勝つことができた場合には、私はあなた方の娘さんと夫婦になり、家作りの基を築きたいと思います」

と、仰せになりましたが、そのお顔は、どんなにか神々しく、光り輝いておったことでしょう。

三人は、須佐之男命のお話をお聞きして、感激して涙に咽《むせ》び

「有難いお心のほどに、ただもう感激するばかりです。謹《つつし》んで娘をあなた様に差し上げます」

と、承諾《しょうだく》なさいました。

□八俣遠呂智退治の戦略

さて、このようにして、八俣遠呂智退治をお引受けになった須佐之男命は、どうしたら八俣遠呂智を退治できるかについて、いろいろ工夫をお凝《こ》らしになり、その準備をお始めになりました。

先《ま》ず第一に、須佐之男命がご心配になったことは

「どうしたら、櫛名田比賣を八俣遠呂智の攻撃から守ることができるか」

ということでした。

八俣遠呂智というのは、強力な怪物ですから、須佐之男命が戦っている隙《すき》に、櫛名田比賣を攻撃されたら困りますし、また、戦っている最中に櫛名田比賣のことで気を奪われるようでは大変ですから、一所懸命にお考えになりました。

すると、須佐之男命の真心が通じたとみえ

「須佐之男命よ、生命に賭《か》けて櫛名田比賣を守ろうというなら、櫛名田比

賣を、いっとき湯津爪櫛《ゆつつまくし》の姿に変身させなさい。そして、その櫛をあなたが結っている髪のみみづらに、どんな事態が生じても落ちることのないように、しっかり刺しておきなさい。そうすれば、あなたの生命が安全である限り、比賣《ひめ》の生命も安全です」

という、神さまのお告げがありました。

それで、須佐之男命は櫛名田比売に命じて、湯津爪櫛《ゆつつまくし》の姿に変身させ、それをご自分の髪にお刺しになって、全力で八俣遠呂智を退治することになりました。

次に須佐之男命が心を砕かれたのは、八俣遠呂智が持っている戦闘力のことで、頭と尾が八つずつに別れて、身体に檜や杉の木が繁り、その長さは八つの峡谷の尾根をぐるぐる巡るような大蛇と、何の戦略もなしに、力と力で戦うことは危険きわまりないので、如何なる戦略を持って戦うべきかを、真剣にお考えになりました。

その結果、『八鹽折《やしおをり》の酒』を飲ませ、酔ってから戦うのがよいことにお気付きになって、足名椎と手名椎の老夫婦に向かって

「あなたたちは、念には念を入れ、立派な『八鹽折《やしおをり》の酒』を作って、その酒が出来たら、八俣遠呂智が出てくる場所に垣《かき》を結い巡らせ、その垣に八つの入り口を作って下さい。

そして、八つの入り口ごとに物置台を備え、その物置ごとに酒船《さかぶね》を置いて、酒船には『八鹽折《やしおをり》の酒』を満たし、じっと待っていて下さい。そうすると、必ず八俣遠呂智が出て来て、その『八鹽折《やしおをり》の酒』に気が付くに違いありません」

と仰せになったので、足名椎と手名椎の老夫婦は、須佐之男命の命にしたがって、すっかり準備を整えました。

□『都牟刈の太刀《つむかりのたち》』

このようにして待っていると、足名椎・手名椎の話のとおり、巨大な八俣遠呂智が現われて〈娘が居るはずだ〉と思いながら、辺りを眺めると、娘の姿は見えないで、周りに垣根《かきね》が結ってあり、辺りから『八鹽折《やしおをり》の酒』の香りがプンプンと匂《にお》ってきました。

八俣遠呂智は

「これは美味《うま》いものがある」

と言って、八つの酒船に八つの頭を突っ込み、喜んでその酒を飲み干しました。

すると、このお酒は本当に良い出来栄《ば》えだったので、酔いが回った八俣遠呂智は、娘を食べようという邪心《じゃしん》はすっかり忘れて、いい気持ちになって、巨体をグニャグニャにして眠ってしまいました。

物陰《ものかげ》で、この様子をご覧になっていた須佐之男命は

「うむ、よし！」

と、お首肯《うなず》きになり、佩用《はいよう》されていた十拳剣《とつかのつるぎ》を抜き放ち、八俣遠呂智に切りつけました。

須佐之男命の腕前はたいへん優れていましたから、ものの見事に八俣遠呂智の急所を切り裂き、また、酒の酔いが回っていたので、その戦意も戦闘力も鈍っていたとみえて、八俣遠呂智は一撃のもとに討たれてしまいました。

しかし、万一にも生き返っては困るので、須佐之男命は八俣遠呂智の、八つの頭を八つに、八つの尾を八つに切断されたので、大量の血が流れ出て、肥《ひ》の河《かわ》の流れは真っ赤に染まりました。

このように、八俣遠呂智を千々《ちぢ》に切り裂き、真ん中の尾を切断しようとなさったとき、十拳剣の刃が欠けました。

須佐之男命は

「不思議なことがあるものだ」

と、思《おぼ》し召しになって、十拳剣の切っ先で、尾を切り開いてご覧になると、その尾の中に鋭利な太刀《たち》が入っていたので、取り上げお浄《きよ》めになってよくご覧になると、実に見事な太刀でしたから
「このような見事な太刀を、邪心に満ちた八俣遠呂智が持っておったのだから、悪の勢いが強かったのは無理からぬことであった。このような太刀は、清明心のある者にこそ持たせるべきであって、邪心のある者に持たせるべきではない。

こうして自分が、たとえ一人の娘のためであっても、生命を賭けて八俣遠呂智を退治する気持ちになったのは、伊邪那岐命様と、お姉上・天照大御神様のお導きの結果である。

いま、このように立派な太刀を得たが、この太刀は天照大御神様の和御《にぎみ》魂《たま》によって使っていただくのが一番良いと思えるので、お姉上に献上《けんじょう》し

よう」

　こうお考えになって、八俣遠呂智退治をご報告すると同時に、この『都《つ》牟《む》刈《かりの》太刀《たち》』を、高天原の天照大御神にご献上になりました。

□『三種の神器』の一つ

　天照大御神にしてみれば、高天原でお導きになった須佐之男命が、本来の面目《めんもく》を発揮されたことを、具体的事実によって、お知りになったのですから、お喜びのほどが推し計られるのであります。
　そこで、天照大御神は
「須佐之男命も八俣遠呂智を退治するようになったか。これで弟の仕事も新しい進み方の第一歩が始まった」
と仰せになって『都《つ》牟《む》刈《かりの》太刀《たち》』をご受納になりました。

この『都牟刈太刀《つむかりのたち》』は、後に『三種の神器』の一つに加えられることになり、天孫降臨《てんそんこうりん》の際、天照大御神より邇邇芸命《ににぎのみこと》にお賜《たまわ》りあそばすことになります。

また、御名称も、倭建命《やまとたけるのみこと》（日本武尊）が相武《さがむ》の国で、この太刀を使って草を薙《な》ぎ払い、迫りくる火炎の難を防がれたという故事に基づいて『草那芸剣《くさなぎのつるぎ》』と申し上げるようになりました。

【編纂者註】阿部國治《くにはる》先生の筆はここで途切れて、後は残されておりません。いったい何が理由でこうなったのか。それは編者の憶測《おくそく》の埒外《らちがい》です。

編纂を終えて

回想すれば、平成十一年三月、阿部國治《くにはる》先生の著作を《新釈古事記伝》として、第一集『袋背負《ふくろしょ》いの心』を発刊、その後、第二集『盞結《うきゆい》』、第三集『少彦名《すくなさま》』、第四集『受け日』、第五集『勝佐備《かちさび》』、第六集『天岩屋戸《あまのいわやと》』と、次々に発刊、十年目の平成二十一年、この第七集『八俣遠呂智《やまたのおろち》』をもって、編纂《へんさん》の仕事を終了しました。

明治三十年、群馬県勢多郡荒砥村《せたぐんあらとむら》（現・前橋市）で生誕、大正十年に東京帝国大学法学部英法科、続いて、昭和二年に同大学文学部印度哲学科を主席卒業した阿部國治先生は、第一集『袋背負いの心』の冒頭に掲げた

切散八俣遠呂智《きりはなつやまたのおろち》

負袋為従者率往《ふくろをせおいともびととなりていきき》

という人生哲学通りの生き方に徹し、また、第六集『天岩屋戸』の冒頭に掲げた

神々に　一人おくれて　負い給《たま》う
　袋にこもる　千の幸はい

という江戸時代末期の国学者・橘曙覧《たちばなのあけみ》の和歌をこよなく愛した阿部國治先生の『古事記』解釈には、えも言われぬ、日本人が永年培《つちか》ってきた美意識、人生哲学が脹《ふく》よかに漂っております。

*

ご承知のように、神典『古事記』の成り立ちは「天武《てんむ》天皇（六七三～六八六年）の勅《みことのり》によって、語り部の稗田阿礼《ひえだのあれ》が誦《しょう》習《しゅう》した《帝紀》および先代の《旧辞》を、元明《げんめい》天皇（七〇七～七一五年）の勅によって、太安万侶《おおのやすまろ》が撰録《せんろく》した」と言われております。

あるいは、日本国が成立したのは、西暦プラス六六〇年という説もあります（戦前の歴史観）が、この日本列島に初めて日本人の祖先が足跡を標《しる》したのは、今を遡《さかのぼ》る四万五千〜五万年前の石器時代に、ユーラシア大陸の中東あたりで進化を遂げたモンゴロイドが、蒙古《もうこ》草原を駆け抜け、磽埆《こうかく》の地、シベリアを経て、樺太《からふと》、北海道と日本列島を南下して、狩猟・採集の縄文文化を築いたというのが通説になっております。

その過程において、宇宙という不可思議な存在に気付いたわれわれの祖先は、これを〝天地《あめつち》〟と観じ

天を高天原《たかまのはら》という神（精神）の世界

地を黄泉《よみ》の国という死（物質）の世界

その中間に存在する人間の世界を現《うつ》し世（葦原中国《あしはらのなかつくに》）

と名づけて、遥《はる》かなる歴史を刻んできたというのが、阿部國治先生の神典『古事記』の解釈の根源であります。

言い換えれば、この神典『古事記』は、アジア大陸の東端に位置する日本列島において、四万五千～五万年近くを生き抜いた日本人の祖先が、その体験を基に築き上げた哲学の証明であり、文化の証《あかし》であり、現在から将来にかけて、誇りを持って語り継ぐべき〞神典〟と断じても言い過ぎではないと確信いたします。

著者の阿部國治先生は、生前に

「『古事記』の神代の段落は、日本民族の魂の世界の物語であって、教育者としての私の指導原理は全てここから得ております」

と断じておられます。

今回、完結した《新釈古事記伝》全七集が、その志を全《まっと》うする一助となり得れば、一門下生として、さらには編纂者として、僥倖《ぎょうこう》の想いに尽きるものがあります。

平成二十一年四月一日

栗山　要

（阿部國治先生門下）

〈著者略歴〉

阿部國治（あべ・くにはる）

明治30年群馬県生まれ。第一高等学校を経て東京帝国大学法学部を首席で卒業後、同大学院へ進学。同大学の副手に就任。その後、東京帝国大学文学部印度哲学科を首席で卒業する。私立川村女学園教頭、満蒙開拓指導員養成所の教学部長を経て、私立川村短期大学教授、川村高等学校副校長となる。昭和44年死去。主な著書に『ふくろしょいのこころ』等がある。

〈編者略歴〉

栗山要（くりやま・かなめ）

大正14年兵庫県生まれ。昭和15年満蒙開拓青少年義勇軍に応募。各地の訓練所及び満蒙開拓指導員養成所を経て、20年召集令状を受け岡山連隊に入営。同年終戦で除隊。戦後は広島管区気象台産業気象研究所、兵庫県庁を経て、45年から日本講演会主筆。平成21年に退職。恩師・阿部國治の文献を編集し、『新釈古事記伝』（全7巻）を刊行。

新釈古事記伝 第7集
八俣遠呂智〈やまたのおろち〉

平成二十六年 四 月二十九日第一刷発行
令和 四 年十一月 二十 日第六刷発行

著 者 阿部國治
編 者 栗山 要
発行者 藤尾秀昭
発行所 致知出版社
〒150-0001 東京都渋谷区神宮前四の二十四の九
TEL（〇三）三七九六—二一一一
印刷・製本 中央精版印刷
落丁・乱丁はお取替え致します。 （検印廃止）

ISBN978-4-8009-1034-9 C0095

ホームページ http://www.chichi.co.jp
Eメール books@chichi.co.jp